LE MARCHAND DE SABLE

LES ENQUÊTES DE L'INSPECTEUR HIGGINS

Déjà parus

1. Le Crime de la momie
2. L'Assassin de la Tour de Londres
3. Les Trois Crimes de Noël
4. Le Profil de l'assassin
5. Meurtre sur invitation
6. Crime Academy
7. L'Énigme du pendu
8. Mourir pour Léonard
9. Qui a tué l'astrologue ?
10. Le Crime de Confucius
11. Le Secret des Mac Gordon
12. L'Assassin du pôle Nord
13. La Disparue de Cambridge
14. La Vengeance d'Anubis
15. L'Assassinat de Don Juan
16. Crime dans la Vallée des Rois
17. Un assassin au Touquet
18. Le Crime du sphinx
19. Le Tueur du vendredi 13
20. Justice est faite
21. Assassinat chez les druides
22. La Malédiction de Toutânkhamon
23. L'École du crime
24. Le Démon de Kensington
25. L'Aiguille de Cléopâtre
26. Brexit oblige...
27. Crime sur le lac Léman
28. Comédien, assassin ?
29. Sauvez la reine !
30. L'Énigme XXL
31. Le Marchand de sable

À paraître en mars 2019

32. Jack l'Éventreur : le retour

CHRISTIAN JACQ

LE MARCHAND DE SABLE

LES ENQUÊTES
DE L'INSPECTEUR HIGGINS

XO EDITIONS
J ÉDITIONS

www.inspecteurhiggins.com
www.xoeditions.com

ISBN : 978-2-37448-127-2

« Dormez tranquilles, braves gens,
et surtout, ne vous réveillez pas. »

Douglas J. Clean

L'Égypte menant à tout, j'ai eu la chance, lors d'un séjour de recherche au British Museum, de rencontrer un personnage extraordinaire. Aimant se faire appeler Higgins, en dépit de ses titres de noblesse, cet inspecteur de Scotland Yard avait été chargé d'un grand nombre d'enquêtes spéciales, particulièrement complexes ou « sensibles ».

Entre nous, le courant est immédiatement passé. D'une vaste culture, Higgins m'a accordé un privilège rare en m'invitant dans sa demeure familiale, une superbe propriété au cœur de la campagne anglaise. Et il m'a montré un trésor : ses carnets relatant les affaires qu'il avait résolues.

J'ai vécu des heures passionnantes en l'écoutant et obtenu un second privilège : écrire le déroulement de ces enquêtes criminelles, fertiles en mystères et en rebondissements.

Voici l'une d'entre elles.

— Prologue —

Auguste-Alexandre-Maxime M'Bélé M'Bélé était surexcité.

À quarante ans, le Sénégalais se trouvait au seuil de la fortune. Doté de passeports britannique et australien, grâce à ses antécédents familiaux, il avait mené une belle carrière de fonctionnaire international en s'intégrant à une sous-commission de l'ONU. Énorme salaire, logement de fonction, voiture avec chauffeur, domestiques gratuits, voyages et vacances à volonté, impôt symbolique, le tout en échange de rapports sur l'évolution structurelle de l'économie africaine.

Mais Auguste-Alexandre-Maxime valait mieux que ça encore. Au cœur d'un fromage mondialisé, il ne dégustait qu'une modeste bouchée, alors que d'autres se goinfraient, sans aucun risque d'être dénoncés.

Pour y remédier, un contact et une idée : organiser un pillage à haut rendement. Léger obstacle : les écologistes. Vraiment léger, car la plupart d'entre eux se moquaient de l'avenir de la planète comme de leur premier steak aux hormones. Mais le créneau était porteur, et il fallait blablater au maximum pour que les naïfs croient à un avenir en vert.

Ainsi l'astucieux M'Bélé M'Bélé avait-il grenouillé pour obtenir un poste lié au développement des projets écologiques en Afrique. Surtout, lorsqu'il argumentait, garder son sérieux.

Et il avait entre les mains un dossier de rêve. De quoi gagner des milliards en falsifiant des études techniques, qui étoufferaient la voix des écolos sincères, rassurés par d'indubitables conclusions scientifiques.

Mentir, c'était la base de la politique moderne. Un mensonge efficace exigeait un trucage professionnel de qualité supérieure. Et dans ce domaine-là, M'Bélé M'Bélé était un expert, formé par les meilleurs professeurs américains.

Cette fois, il volerait de ses propres ailes, et le résultat s'annonçait mirifique. Ceux qui avaient besoin de ses compétences lui verseraient des commissions occultes qui ne sortiraient pas des paradis fiscaux installés aux États-Unis et lui permettraient de mener une existence de nabab.

L'opération demandait un maximum de discrétion et une parfaite coordination. Tous les acteurs étant liés, pas de trahison possible. Au terme d'une multitude d'approches délicates, enfin la phase finale ! Auguste-Alexandre-Maxime allait recevoir l'émissaire du groupe d'investisseurs qui ferait sa fortune. Ensuite, réunion générale et... action !

Un endroit idéal pour éviter oreilles et regards indiscrets : le récent immeuble de bureaux Key's 3000, une horrible tour édifiée près des docks et participant à l'enlaidissement accéléré de Londres, cible privilégiée d'architectes diplômés d'un asile de fous et encensés par la critique.

À Key's 3000, une seule loi : celle de l'informatique. Pour y accéder, une succession de codes attribués à l'élite des hommes et des femmes d'affaires. Ils y réservaient un bureau ou une salle de conférences à l'heure ou à la journée, avec la garantie d'échapper à tout piratage, d'autant qu'ils programmaient eux-mêmes l'enregistrement de leurs entretiens.

Des centaines de caméras intelligentes assuraient la sécurité. Reliées à une centrale privée, où travaillaient d'ex-militaires, elles détectaient toute personne non conforme, donc interdite d'accès. Et une meute intervenait en moins de cinq minutes.

1214-X-BO-4712, M'Bélé M'Bélé était absolument crypté. Et son interlocuteur, 3612-HC-DMI-12, bénéficiait de la même garantie. Le progrès avait du bon.

Le haut fonctionnaire occupait le bureau 206 B. Comme convenu, un voyant rouge s'illumina à 22 h 30.

Sur un écran, le code de son visiteur.

Correct.

M'Bélé M'Bélé tapa alors le sien et appuya sur la touche « Closed », qui ouvrit la porte.

Jaillissant d'un vaporisateur, un petit nuage blanc lui rafraîchit le visage. D'abord, une sensation presque agréable, puis, très vite, l'étouffement. Impossible de reprendre sa respiration, un voile noir, un râle, le néant.

— Le marchand de sable est passé, dit l'assassin.

★

Milliardaire de Shanghai inféodé au Parti communiste, Hing Peng avait horreur de voyager. Il détestait les avions, les hôtels et les pays étrangers. Malgré sa fortune, inenvisageable de désobéir au dirigeant suprême. La Chine traversait une période délicate, en raison d'une croissance décroissante. Aussi les forces vives devaient-elles se mobiliser afin de redresser la barre et d'assurer au pays la première place dans l'économie mondiale.

Hing Peng avait un rôle majeur à jouer dans ce processus. Aussi s'était-il rendu à Londres pour formuler une offre fabuleuse à un cercle de décideurs qui succomberaient fatalement à une sorte d'extase. Mais pas sans garanties formelles, que le Parti n'accordait pas à la légère.

Dans le bureau 206 C de l'immeuble Key's 3000, Hing Peng attendait l'intermédiaire qui l'introduirait au conclave final. Ici, grâce à l'informatique et au sérieux britannique, pas de fuite. Hors de question de tenir cette réunion à Berlin, capitale d'une Europe peu fiable, ou à Paris, esclave de Berlin.

À 22 h 35 s'afficha sur l'écran 3612-HC-DMI-12. Correct.

Le Chinois tapota son propre code et déverrouilla sa porte.

Un petit nuage blanc jaillit d'un vaporisateur. Étonné, Hing Peng eut le tort d'ouvrir la bouche, ce qui facilita l'absorption du poison. En moins de trente secondes, il cessa de respirer et s'effondra.

— Le marchand de sable est passé, déclara l'assassin.

— 1 —

Âgée de soixante-dix ans depuis toujours, croyant en Dieu et en l'Angleterre, dotée d'une santé de fer, Mary avait traversé guerres mondiales et crises économiques sans attraper le moindre rhume. Pourtant, sa tâche n'était pas simple : veiller au bon fonctionnement du domaine de l'ex-inspecteur-chef Higgins, sis à The Slaughterers, un charmant village du Gloucestershire.

Ne tolérant pas un grain de poussière, la gouvernante était aussi un cordon bleu, n'adoptait que des produits de qualité, dont la plupart provenaient des environs. Très stricte sur les horaires des repas, elle peinait à maîtriser les trois créatures vivant sous les toits d'ardoise d'un vieux manoir entretenu à la perfection : Higgins, son chien Geb et son chat Trafalgar, les deux derniers étant des chapardeurs professionnels, à la gourmandise insatiable.

Équipée du portable le plus récent, d'une télévision par Internet et d'autres gadgets informatiques qu'elle maniait aussi bien qu'un hacker, Mary continuait cependant à utiliser une cuisinière à bois pour préparer des repas que les trois mâles appréciaient. Dans la cheminée de sa vaste cuisine, elle faisait rôtir du gibier, et son four à pain valait le détour.

Sur sa tablette dernière génération, elle consultait quantité de journaux, mais son préféré demeurait *The Sun*, un tabloïd dévoilant les mille et une turpitudes des gouvernants et des institutions, à commencer par Scotland Yard, un repaire de brigands incapables de mettre fin à la délinquance.

Jugeant le monde moderne totalement et définitivement décadent, Mary avait eu une lueur d'espoir grâce au Brexit ; une fois encore, les Anglais s'opposaient à une tyrannie qui asservissait l'Europe. Rien qu'à voir les têtes des membres de la toute-puissante Commission de Bruxelles, les peuples auraient dû se révolter depuis longtemps ! Mais les politicards s'arrangeaient pour annihiler les votes qui ne leur convenaient pas, et seul l'air du temps gouvernait vraiment.

Le portable vibra.

Une voix pointue.

— Pourrais-je parler à l'inspecteur Higgins ?

— Je suis Mary, la gouvernante de son domaine. Que lui voulez-vous ?

— C'est personnel et confidentiel.

— Vous êtes qui ?

— Désolé, je ne m'adresserai qu'à l'inspecteur Higgins.

— Adressez-vous ailleurs. Ici, c'est moi qui commande.

Mary coupa la communication. Encore un importun lié à l'une des enquêtes de l'ex-inspecteur-chef.

Nouvel appel.

— Écoutez, madame, c'est important. Très important.

— Je répète : vous êtes qui ?

— Cabinet du Premier ministre.

— Ben voyons ! Moi, je suis la reine d'Angleterre.

— Ce n'est pas une plaisanterie ! Nous souhaitons voir au plus tôt l'inspecteur Higgins pour une affaire d'une extrême gravité concernant la sécurité de l'État.

— Moi, j'ai un plat au four ; et lui, il soigne ses rosiers.

— Qu'il me recontacte très vite à ce numéro.

Mary le nota.

★

De taille moyenne, plutôt trapu, les cheveux noirs, la lèvre supérieure ornée d'une moustache poivre et sel, les tempes grisonnantes, l'air débonnaire, l'œil malicieux et inquisiteur, Higgins, qui jouissait d'une retraite anticipée due à un conflit d'ordre moral avec le grand patron, gardait sa réputation de meilleur « nez » de Scotland Yard, en dépit de ses méthodes passéistes. Confesseur-né, amoureux de la vérité, il ne perdait jamais son calme et suivait sa ligne de conduite où des valeurs périmées et désuètes, telles la rectitude, la loyauté et l'amitié, occupaient le premier rang.

Promis aux plus hautes fonctions, Higgins avait d'ailleurs préféré le calme de sa propriété familiale à la compromission. Quel bonheur de tondre sa pelouse, de tailler ses haies, de cultiver son potager, de relire les rares bons auteurs, de faire de longues promenades en forêt avec son chien et de méditer au coin du feu en buvant un vrai cognac, tandis que le chat ronronnait entre les pattes de Geb.

Loin du monde et du bruit, Higgins goûtait le moindre moment de vie, tentant d'appréhender sa beauté et sa grâce. Ayant eu la chance de séjourner en Orient et d'y rencontrer des êtres exceptionnels qui lui avaient ouvert l'esprit, il s'efforçait de pratiquer une sagesse au quotidien, en tirant des leçons de la nature et des animaux. L'homme, lui, était une espèce disjonctée, et le diable, « Celui qui se met en travers du chemin », engageait de plus en plus de disciples.

Au pied d'un rosier fragile, Higgins déposa du sable de Nubie, d'un ocre envoûtant. Il lui rappela un voyage au cours duquel il avait visité les temples de cette région, à présent engloutie sous les eaux artificielles du lac Nasser, une monstruosité dégradant le climat de l'Égypte et condamnant ses monuments à une mort lente.

Chaque jour, de l'attention, de l'amour, des gestes précis, des paroles posées : c'était à ce prix qu'une roseraie s'épanouissait. Et, bien entendu, aucun produit chimique. Si les humains aimaient s'empoisonner et polluer leur environnement, engraissant ainsi les multinationales et les entreprises pharmaceutiques, Higgins préservait l'intégrité de son territoire.

— Urgence, déclama la voix autoritaire de Mary.

— Mais... ce n'est pas l'heure du déjeuner !

— Non, mais celle du Premier ministre.

— 2 —

Le pacte était clair : la cuisine était le domaine réservé de Mary ; le bureau, celui de Higgins. Néanmoins, l'ex-inspecteur-chef se demandait si, pendant ses absences, la gouvernante n'en profitait pas pour y passer le plumeau, voire consulter les carnets noirs remplis des notes prises au cours de ses enquêtes. En raison des circonstances, elle autorisa l'ex-inspecteur-chef à pénétrer dans son pré carré et lui tendit son portable.

— Je vous compose le numéro.

— Un instant, Mary ; de quoi s'agit-il ?

— Le cabinet du Premier ministre réclame vos services.

— Je suis à la retraite.

— Et alors ?

— Alors, je me tiens à l'écart de la politique.

— Elle est bonne, celle-là ! On vous prie de sauver l'Angleterre, et vous vous défilez !

— Nous n'en sommes pas là, convenez-en.

— Nous n'en sommes pas là ? Au contraire, on est en plein dedans ! Non, mais qu'est-ce que vous croyez ? Qu'on vous supplie de jouer les jardiniers à Windsor ?

— C'est peu probable.

— Bon, j'appelle, et vous causez.

L'interlocuteur décrocha immédiatement. Il était sur les nerfs.

— Inspecteur Higgins ?

— Non, c'est Mary. Je vous le passe.

L'ex-inspecteur-chef n'aimait guère manipuler ce genre d'engin émettant de mauvaises ondes.

— Mettez vos doigts ici, ordonna Mary, et ne bougez plus.

— C'est vous, inspecteur ? interrogea la voix pointue.

— C'est moi.

— Je suis John Smith, conseiller privé du Premier ministre.

— Quel est votre véritable nom ?

— L'important, c'est ma mission. Un sérieux problème se pose, et nous avons besoin de votre concours.

— Nous ?

— Le royaume. Et je ne prononce pas ce mot au hasard.

— Pourquoi ne pas vous adresser à Scotland Yard ?

— Étant donné le caractère délicat de la situation, nous souhaitons éviter toute fuite. Et nous connaissons votre exemplaire discrétion. Puis-je vous prier de vous rendre sans tarder au 10, Downing Street ?

— Cette situation, quelle est-elle ?

— Nous en parlerons à l'abri des curieux. Acceptez-vous au moins cet entretien ?

— Uniquement par courtoisie.

— Je vous envoie une voiture. Merci de votre compréhension.

Higgins rendit le portable à Mary.

— Je prépare vos bagages, décréta-t-elle ; vous n'êtes sûrement pas sorti de l'auberge.

*

L'ex-inspecteur-chef discuta longuement avec le chien Geb et le siamois Trafalgar, afin de justifier son absence. Certes, ils ne mourraient pas de faim, mais seraient privés d'un certain nombre de suppléments.

Avant de partir, Higgins prit le temps de savourer un somptueux déjeuner : croquants au stilton, un excellent fromage anglais, paupiettes de bœuf aux petits pois, au riz et à la véritable mozzarella, parfait au chocolat et aux pistaches.

Les paupiettes frisaient le sublime, en raison d'une touche de curry, de poivre et d'oignon doux ; quant au parfait, agrémenté d'une gousse de vanille, il méritait bien son nom.

— Tâchez d'éviter les courants d'air et les virus, recommanda Mary, et absorbez chaque jour, à 11 h et à 18 h, quatre granules d'influenzinum au 5 CH. En cas de fièvre, une dose au 9 CH. Ne traînez pas dans les rues la nuit et coupez la climatisation.

La voiture eut le bon goût d'arriver après le café. À bord du 4 × 4 blindé, trois agents secrets qui avaient l'allure d'agents très secrets. Coiffé en brosse, vêtu d'un costume proche de l'uniforme, le chauffeur s'empara des deux valises de Higgins et les déposa dans le coffre. Ses collègues scrutèrent les environs, comme s'ils redoutaient une attaque imminente.

— Manquait plus que ça, marmonna Mary ; ne vous souciez pas pour vos bêtes et ne commettez pas d'imprudence.

Higgins s'assit à l'arrière, le 4 × 4 démarra. À côté du conducteur, un spécialiste des liaisons avec l'ensemble des services de sécurité, qui signalerait la position du véhicule à chaque seconde, entre The Slaughterers et le 10, Downing Street.

Pendant le trajet, silence total.

Les trois agents n'avaient qu'une consigne : amener leur passager à bon port. Et leur armement leur permettrait de résister à une agression.

« Me voilà mal embarqué, pensa Higgins ; si le pouvoir est angoissé à ce point, l'affaire est vraiment sérieuse. »

L'avenir étant, par définition, incertain, l'ex-inspecteur-chef ne s'en préoccupait pas. Et personne ne le contraindrait à agir contre ses convictions. Il espérait une proposition inacceptable, qui signifierait un retour rapide chez lui.

À distance réglementaire du but, le 4 × 4 s'immobilisa. Les trois agents secrets encadrèrent Higgins, l'un d'eux portant ses valises.

Chemin dégagé, pas de journalistes à l'horizon.

La porte du 10, Downing Street s'ouvrit.

Vêtue d'un tailleur composé d'une veste vert d'eau et d'une jupe à fleurs, le Premier ministre, une femme d'une belle allure, plutôt autoritaire mais non dénuée de charme, accueillit son visiteur.

— Ravie de vous rencontrer, inspecteur Higgins.

— 3 —

— Comment se porte Larry ? demanda Higgins.

— Au mieux, inspecteur, répondit le Premier ministre. Depuis qu'il a été embauché comme fonctionnaire pour traquer les souris, le chat du 10, Downing Street passe l'essentiel de son temps à dormir. Lorsqu'il fera valoir ses droits à la retraite, Larry touchera cent livres par mois, en récompense de ses bons et loyaux services. Aucun souci en ce qui le concerne. En revanche, une affaire ennuyeuse mériterait d'être résolue afin d'éviter de graves soubresauts internationaux, peu souhaitables en ces temps troublés pour la Grande-Bretagne. Votre avis sur un épineux dossier nous obligerait.

— N'en espérez pas trop, madame.

— Au contraire, inspecteur, au contraire ! Vous avez élucidé bien des mystères. Je vous confie à Okimi Nivagobi, une personnalité importante chargée du dossier. Il vous fournira les explications nécessaires. Autorisez-moi une confidence : Sa Majesté et moi-même comptons sur vous.

*

Âgé d'une trentaine d'années, grand, mince et très élégant, Okimi Nivagobi conduisit lui-même sa Mercedes pour emmener Higgins dîner dans un restaurant branché.

— J'ai fait porter vos bagages à votre hôtel préféré, le *Connaught*, un établissement remarquable de notre belle capitale. Ma mère est japonaise, mon père gallois, j'ai suivi un cursus scientifique à Oxford et j'occupe un poste d'analyste au MI 5, en contact avec le cabinet du Premier ministre. Célibataire, amateur de jazz, bon joueur de cricket. Je sais tout de vous, inspecteur, et vous connaissez l'essentiel à mon propos.

Pour un ancien de Cambridge comme Higgins, converser avec un représentant des « autres » posait toujours un problème. Les circonstances l'incitèrent à le surmonter.

Food Ephemer était plein midi et soir ; une dizaine de salons abritaient des convives exigeant une confidentialité maximale.

Ici, des treize plats aux couverts en passant par le mobilier, tout était produit par des imprimantes 3D. Sous le regard émerveillé des consommateurs, des machines produisaient des tartes aux champignons, des lasagnes ou des gâteaux au chocolat en réalisant des dessins complexes. Afin d'améliorer leurs sensations gustatives, certains clients se coiffaient d'un casque de réalité virtuelle. Né à Londres, le concept du restaurant de l'avenir démarrait à New York, à Berlin et à Paris.

Okimi Nivagobi et Higgins s'installèrent dans une sorte de bulle orange, équipée de sa propre machine à nourriture.

— Je vous conseille la tarte aux champignons, inspecteur. Pâteuse, mais digeste.

Higgins acquiesça.

— Moi, je ne bois que de l'eau de régime. Dans mon métier, il ne faut pas se gâcher la main aux alcools. Désirez-vous du vin ?

— En 3D ?

— La maison propose encore quelques bouteilles traditionnelles.

L'ex-inspecteur-chef opta pour un cabernet sauvignon rouge, à l'allure normale. Il le goûta cependant avec circonspection. Pas de quoi s'extasier, mais rien de suspect.

— Pour être sincère, avoua Nivagobi, je n'aurais pas fait appel à vous. Mais les ordres sont les ordres, surtout quand ils viennent de haut. De très haut.

— Et vous êtes un gentil garçon, obéissant et discipliné.

— C'est une critique ?

— Non, un compliment.

— D'après votre dossier, vous n'êtes pas un adepte de la police scientifique.

— Ce dossier est visiblement mal tenu. Dans cette discipline-là, comme dans les autres, je me méfie avant tout de l'incompétence et de la bêtise.

— Ça veut dire quoi ?

— Qu'il faut se méfier de tout et de tout le monde, et ne tirer de conclusions qu'après avoir vérifié les faits. La science ne passe-t-elle pas son temps à se tromper ? Ce n'est pas parce qu'elle est notre nouveau dogme qu'il faut y croire aveuglément.

— Passéiste… Ça vous définit bien.

— Churchill estimait que seule la connaissance approfondie du passé permettait de percevoir l'avenir.

— Churchill… Les jeunes ne savent même plus qui c'est !

— Je ne l'ignore pas, monsieur Nivagobi.

— Vous ne mangez pas ?

— En certaines circonstances, l'abstinence me paraît préférable.

— Vous êtes sûr de vivre dans *notre* monde ?

— Par moments, j'ai des doutes.

Higgins se leva.

— Vous voudrez bien m'excuser.

— Où allez-vous comme ça ?

— Je crains que nous n'ayons pas suffisamment de points communs pour nous entendre.

— Oh là, ça ne va pas du tout ! J'ai des ordres, moi !

— Chacun son lot de misères, monsieur Nivagobi.

— Si vous partez, je… je…

— Vous me tirez dans le dos en 3D ? Prenez garde à l'existence et à la nourriture virtuelles. Elles ont souvent mauvais goût.

— Bon, ça va, j'ai été nul et je n'aurais pas dû vous asticoter. Si vous partez, je suis foutu, moi !

Ma mission, c'est de vous convaincre d'identifier rapidement un assassin. C'est dans vos cordes, non ?

— Tout dépend de l'arc que vous me fournirez.

Higgins se rassit. Si Sa Majesté n'avait pas sollicité son intervention, il aurait planté là son interlocuteur depuis longtemps.

— 4 —

— On est embêtés, concéda Nivagobi ; deux crimes sur les bras, et du délicat. On trouvera le coupable, c'est sûr, mais le contexte est sensible, et on aimerait votre avis.

— Autrement dit, vous barbotez.

— Pas du tout ! Néanmoins, un regard extérieur est parfois utile.

L'agent du MI 5 avala un morceau de tarte aux champignons. S'il disposait d'organes artificiels et génétiquement adaptés, peut-être réussirait-il à digérer ce plat merveilleusement dessiné.

— Connaissez-vous l'immeuble de bureaux Key's 3000 ?

— Je n'ai pas ce privilège, reconnut Higgins.

— C'est un bâtiment récent qui accueille des rendez-vous... très confidentiels. Le meilleur équipement informatique de la capitale. Pour y accéder, il faut montrer patte blanche. Ensuite, tranquillité absolue. Le paradis des politiciens et des affairistes. Les contacts les plus improbables peuvent y avoir lieu, dans le plus grand secret.

— Pas pour vous, je présume.

— Disons que nous gardons un œil ouvert, de manière à ne pas être pris complètement au dépourvu. Mais impossible de prévoir que deux hautes personnalités allaient être supprimées de manière brutale dans un cadre aussi sécurisé.

— Leurs noms ?

— Attention, inspecteur ! Si je vous dévoile un dossier ultrasensible, vous vous engagez à tenir votre langue et à collaborer.

— Vous affirmiez tout savoir de moi ; si c'est exact, votre remarque est inutile.

— Bon, bon... La première victime se nommait Auguste-Alexandre-Maxime M'Bélé M'Bélé, quarante ans, titulaire de trois passeports, sénégalais, britannique et australien, haut fonctionnaire à l'ONU, chargé des projets écologiques en Afrique. On a trouvé son cadavre dans le bureau 206 B.

— Cause de la mort ?

— Un poison foudroyant.

— La raison de la présence à Londres de cet homme influent ?

— Nous l'ignorons.

— La seconde victime ?

— Hing Peng, un milliardaire chinois. Bureau 206 C. Tué selon un processus identique.

— L'heure des crimes ?

— Entre 22 et 23 h, dimanche dernier. On tâchera de préciser.

— Un immeuble entièrement régulé par l'informatique, disiez-vous ; comment l'assassin a-t-il échappé aux systèmes de surveillance ?

— Il est entré dans le logiciel et les a annihilés à l'étage concerné.

— Donc, aucun film, aucune photo ?

— Rien de rien. Enfin, pas tout à fait... Nous avons le code qui lui a permis d'abuser les victimes.

De la poche de son blazer bleu, Higgins sortit un carnet noir et un crayon finement taillé.

Okimi Nivagobi en resta bouche bée.

— Alors, ce n'est pas une légende... Vous travaillez vraiment comme ça ?

— Le code ?

— 3612-HC-DMI-12.

Higgins nota.

— À qui correspond-il ?

— On cherche.

— Vous n'avez pas encore trouvé ?

— Ce n'est pas si simple. Il nous faut briser plusieurs barrages informatiques, de façon plus ou moins légale. Mais on saura.

— Qu'a découvert la police scientifique ?

— Pas grand-chose. L'assassin a forcément des connaissances informatiques de haut niveau et s'est servi d'une arme digne des meilleurs services secrets.

— Comment s'est-il introduit dans l'immeuble et comment l'a-t-il quitté ?

— En utilisant l'accès réservé à la police et aux pompiers ; après avoir décrypté le code, réputé inviolable. Heureusement, il a abandonné une cagoule que des spécialistes étudient sous toutes les coutures. Peut-être nous livrera-t-elle un indice déterminant.

— En ce cas, vous n'aurez plus besoin de moi.

— Nous n'en sommes pas là, et nous sommes très pressés.

Un serveur apporta un gâteau au chocolat en forme de losange, composé avec la même substance pâteuse que la tarte aux champignons.

— Vous voulez goûter ? demanda l'agent du MI 5.

— Je préfère vous écouter.

— M'Bélé M'Bélé et Hing Peng étaient des personnages de l'ombre, mais particulièrement importants. D'après leurs agendas électroniques, que nous avons déchiffrés, ils avaient un rendez-vous le lendemain, dans l'une des salles de conférences de Key's 3000, avec un cénacle d'investisseurs.

— But de cette réunion ?

— Nous l'ignorons encore. Mais nous avons la liste des participants, tous assignés à résidence pour une courte période. Leurs avocats se débattent afin de faire annuler cette mesure. Et c'est là que vous intervenez. Je suis persuadé que l'assassin est l'un des membres de ce cénacle, composé de personnalités influentes, qui pourraient causer du tort à la Grande-Bretagne. Je n'ai aucune preuve m'autorisant à interpeller un suspect, mais je piste depuis quelques mois deux membres de ce cercle.

— Leurs noms ?

— Vous aurez la liste, inspecteur, mais je me réserve les informations qui concernent mon service.

Okimi Nivagobi dévora le gâteau et but un grand verre d'eau afin de faire glisser le tout.

— Et moi, je me réserve le droit de me retirer.

L'agent du MI 5 s'étrangla.

— On était d'accord, non ?

— Voici les termes du contrat : d'abord, vous me transmettez l'intégralité du dossier en votre possession ; ensuite, j'agis selon mes méthodes et avec des professionnels que je choisis, notamment un médecin légiste et un superintendant de Scotland Yard. Si je m'aperçois que vous m'avez dissimulé le moindre détail, et je m'en apercevrai tôt ou tard, j'abandonne l'affaire sur-le-champ.

— Vous exigez beaucoup !

— À prendre ou à laisser. Post-scriptum : vous disparaissez. Si vous vous mêlez de près ou de loin de mon enquête, elle s'interrompra brutalement et vous rendrez compte au Premier ministre.

La digestion d'Okimi Nivagobi se bloqua.

— Et vous pensez que je vais avaler ça ?

— Après ce remarquable repas, vous ne risquez rien.

— 5 —

Okimi Nivagobi avait cédé et promis à Higgins qu'il respecterait les termes du contrat. Persuadé du contraire, l'ex-inspecteur-chef avait noté les éléments communiqués par l'agent du MI 5, en le priant de faire transférer immédiatement les corps des deux victimes chez Babkocks, le seul légiste auquel il accordait une totale confiance.

Au *Connaught*, l'un des fleurons de Carlos Place, Higgins avait obtenu une chambre, comme toujours et quelles que fussent les circonstances. Luttant contre le modernisme dévastateur, cet hôtel chargé d'histoire préservait un cadre traditionnel. Boiseries anciennes, ambiance feutrée, service impeccable.

— Nous avons monté vos bagages, indiqua le maître d'hôtel ; bonne journée, inspecteur ?

— Épouvantable. Malgré l'heure tardive, pourriez-vous me proposer un en-cas quelque peu… consistant ?

— Nous avions un cassoulet au dîner.

— Avec un saint-émilion d'une année honnête, ce sera parfait.

— J'ajouterai une assiette de fromage, une île flottante et une tisane de thym au miel d'acacia.

Après l'horreur de la 3D, Higgins revenait à la civilisation, dont les derniers archipels seraient bientôt submergés. Avant cette fin inéluctable, il apprécia ce souper revigorant, assurance d'un sommeil profond.

Et il en avait besoin pour affronter un combat qu'il pressentait aussi rude que dangereux et tordu. Car dans le style bouc émissaire, il venait de décrocher la médaille de sauvetage.

Tout en dégustant un cassoulet digne de figurer au patrimoine culturel de l'humanité, Higgins consulta la liste des hautes personnalités que devaient rencontrer, pour une raison prétendument inconnue, les deux victimes.

Bill Carson, Australien, cinquante ans, immobilier et routes.

Bernie Fitzer, Américano-Marocain, trente ans, fabricant de microprocesseurs et de cartes de crédit.

Hilary Gooman, Singapourienne, soixante-sept ans, immobilier et finance.

Angela Macrizzi, Américano-Kenyane, soixante ans, lessives, cosmétiques et additifs alimentaires.

Kant Spinabody, Nigérian, quarante ans, matières premières.

Louis Stone, Français, soixante et onze ans, patron de l'ONG « La nature pour les pauvres ».

Indira Tandi, Indienne, vingt-cinq ans, immobilier.

À contrecœur, et très crispé, l'agent du MI 5 avait consenti à désigner ses deux suspects, en ajoutant des qualificatifs abrupts :

Bill Carson, faux nom.
Louis Stone, faux-cul.

Seulement des présomptions… À l'évidence, Okimi Nivagobi connaissait le vrai nom de Bill Carson et savait ce qui se cachait derrière l'ONG de Louis Stone ; sa petite comédie avait pour but d'orienter Higgins vers ces deux hommes qu'il s'abstenait ainsi d'interpeller lui-même.

Sur chacun des membres du cénacle, parmi lesquels se trouvaient vraisemblablement le ou les assassins, des renseignements de première nécessité : adresse, contacts informatiques.

Une seule certitude : ils étaient capables de nuire gravement au Royaume-Uni. À Higgins de découvrir pourquoi et de démonter un mécanisme criminel ayant abouti à l'élimination d'un fonctionnaire de l'ONU et d'un milliardaire chinois, dont la disparition contrariait au plus haut point le gouvernement.

À côté de cette enquête, les sables mouvants étaient un terrain solide. Aux démarches officielles aboutissant à des réactions officielles, on avait préféré utiliser les services de Higgins ; soit il réussissait à obtenir tout ou partie de la vérité, et les autorités se féliciteraient de ce succès, soit il échouait, et il serait le seul responsable.

Dépourvu d'illusions sur les puissants de ce monde si impuissant à s'orienter, l'ex-inspecteur-chef avait conscience de s'aventurer en territoire piégé. Puisqu'on lui faisait confiance, et quels que soient les motifs plus ou moins avouables de cette décision, il s'en montrerait digne.

*

Une excellente nuit, une douche brûlante, un rasage précis au coupe-chou, après une application de savon à barbe avec un blaireau en bois de bruyère, un lissage de sa moustache poivre et sel, de l'eau de toilette Tradition Chèvrefeuille, et Higgins se sentit un homme neuf.

Ni jus d'orange, susceptible de bloquer le foie, ni thé, une boisson qui lui soulevait le cœur, mais un pur arabica, des toasts nappés d'une authentique marmelade et des œufs brouillés.

Restait à choisir une tenue vestimentaire adaptée aux heures agitées qui s'annonçaient. Veste bleu nuit, chemise blanche, nœud papillon d'un rouge profond, pantalon de flanelle grise, imperméable Tielocken, foulard de cachemire et casquette à petits carreaux conviendraient à de nombreux déplacements et à une température agréable, d'une douzaine de degrés. Des averses, entrecoupées d'ondées, rythmeraient la journée.

La réception du *Connaught* contacta le chauffeur de taxi attitré de Higgins, George Washington, un natif du Sussex à la barbe rousse. Connaissant chaque ruelle de l'immense agglomération londonienne, il maniait son *black cab* avec dextérité et n'avait pas la langue dans sa poche.

— Vous avez l'air en pleine forme, inspecteur !

— Vous aussi, George.

— Moi, le Brexit, ça me donne des ailes ! Mais dites-moi… Si vous êtes ici, c'est qu'un crime abominable a été commis ?

— Je le crains.

— 6 —

Avec un robuste bon sens, George Washington mit à bas les institutions européennes et traça un portrait réaliste des dirigeants de la planète. Son analyse socio-économique se termina au pied du nouveau siège de Scotland Yard, qui n'avait rien d'enchanteur.

À sept heures du matin, Higgins était certain de trouver le superintendant de première classe Scott Marlow occupé à traiter une pile de dossiers administratifs et à consulter sa batterie d'ordinateurs.

Adepte des méthodes de la police scientifique, intégrant chaque avancée technologique, Marlow était entré au Yard comme en religion. Il dormait dans son bureau dernier cri, équipé d'une douche, et ne vivait qu'en fonction des objectifs fixés à la police par sir Robert Peel en 1829 : protéger la vie et la propriété, préserver la tranquillité publique et lutter contre le crime.

En dépit de son addiction à la modernité, Scott Marlow éprouvait une admiration sans bornes pour la reine Victoria et Sa Majesté Élisabeth II, dont il avait récemment assuré, à Buckingham, la protection rapprochée, et qui lui avait accordé l'incommensurable honneur d'une brève rencontre[1]. Iris et œillets, les fleurs préférées de Sa Majesté, ornaient le bureau, ainsi qu'une reproduction du sublime tableau de sir George Hayter représentant le couronnement de Victoria, drapée dans une robe grandiose, sceptre à la main et yeux levés vers le ciel.

Mal fagoté et bougon, Marlow possédait des qualités que Higgins appréciait : honnêteté et rigueur, aussi rares à Scotland Yard qu'ailleurs.

Encore à moitié endormi après une trop courte nuit, Marlow écarquilla les yeux en voyant l'ex-inspecteur-chef.

— C'est vous, Higgins ? C'est bien vous ?

— Comment vous portez-vous, superintendant ?

— Bah ! le surmenage habituel. Je m'interdis de consulter un médecin qui dénicherait du cholestérol, de la tension, des troubles digestifs et je ne sais quoi d'autre. Trop de travail pour me bichonner.

— Et je vous apporte un supplément.

— Vous voulez dire... une enquête ?

— Confiée par les plus hautes autorités de l'État.

— Vraiment... les plus hautes ?

— Vraiment.

— Et... vous avez été contacté directement ?

— J'ai rencontré le Premier ministre, puis un émissaire du MI 5, Okimi Nivagobi.

— Nivagobi, Nivagobi... Un instant.

Marlow fouilla dans la mémoire d'un de ses ordinateurs.

---

1. Voir *Sauvez la reine !*

— J'ai croisé le chemin de ce malfrat ! Un rusé et un tordu. Le genre à inventer de fausses preuves et à manipuler la police. On a failli en venir aux mains. Ce bonhomme-là, à éviter !

— Il a l'oreille du pouvoir.

— Un café, Higgins ?

— Merci, non.

Marlow utilisa sa machine personnelle, se versa une grande tasse et l'agrémenta d'un doigt de whisky écossais, provenant d'une distillerie artisanale et vaguement clandestine.

— Deux assassinats dans l'immeuble de bureaux Key's 3000, révéla Higgins.

— Vous en êtes certain ? C'est le bâtiment le plus sécurisé de Londres !

— Les victimes sont Auguste-Alexandre-Maxime M'Bélé M'Bélé, haut fonctionnaire de l'ONU, et Hing Peng, homme d'affaires et milliardaire chinois.

— L'horreur de l'horreur ! Ne touchons surtout pas à ça.

Higgins contempla la photographie d'Élisabeth II.

— Je n'ai pas le choix. Et votre aide me serait précieuse.

Marlow avait souvent fait appel à Higgins pour le tirer d'un mauvais pas, et la réciprocité s'imposait.

— Nous nous engageons dans un marécage peuplé de monstres.

— Indiscutablement, approuva Higgins ; et nous nous y perdrons peut-être.

Ce manque d'optimisme ne rassura pas Marlow.

— Avons-nous des suspects ?

— Nivagobi m'a fourni une liste de membres d'un cénacle qui devait accueillir les deux victimes pour traiter d'un sujet hautement sensible.

— Lequel ?

— Les autorités l'ignorent.

— Vous croyez à cette version-là ?

— J'ai quelques réserves.

— Autrement dit, on nous envoie au casse-pipe ! On défriche, on débusque, on essuie les bombardements, et d'autres tireront les marrons du feu !

— Des prédictions sensées.

Marlow reprit un peu de whisky. Une pluie fine commençait à tomber.

— Sincèrement, avons-nous une chance ?

— Selon le taoïsme, lorsqu'on touche le fond, il est possible d'entamer la remontée.

— Donc, une chance sur mille.

— N'est-ce pas une proportion raisonnable ?

— Bien entendu, Nivagobi ne fera rien pour nous faciliter la tâche !

— N'en doutez pas. Il nous oriente déjà vers deux suspects privilégiés.

— Des faits concrets ?

— Des soupçons à confirmer.

— Ne cherche-t-il pas à nous éloigner du vrai coupable ?

— Stratégie probable.

Marlow enfila une veste chiffonnée.

— Je suppose qu'on commence tout de suite ?

— Vous supposez bien. Première démarche : Babkocks a-t-il reçu les cadavres ?

Le superintendant appela le légiste. Une sorte de taureau furieux lui répondit, exigeant des explications sur l'urgence qu'il avait eu à traiter, le privant de sommeil.

Higgins intervint :

— Je suis responsable, avoua-t-il.

— Tu m'as livré de drôles de clients ! Enfin, je me suis bien amusé… Des cas que je connaissais. Tu rappliques ?

— Nous arrivons.

— 7 —

La vieille Bentley du superintendant, achetée à un revendeur d'occasion, était toujours heureuse de transporter Higgins. Le pneu souple, le carburateur détendu, les amortisseurs rajeunis, elle se faufila dans les premiers embouteillages de la journée, à destination du laboratoire de Babkocks.

Assis sur un banc, indifférent à la pluie, le légiste mastiquait un sandwich composé de pâté de sanglier, de concombre, de piment, de confiture de groseilles et de fromage coulant. Une pinte de whiskey irlandais lui éclaircissait le tube digestif.

Sosie de Winston Churchill, éternellement vêtu d'une veste d'aviateur en cuir de la Royal Air Force, les poches bourrées de déchets de tabacs exotiques, Babkocks était l'un des piliers d'une des plus belles associations humanitaires, les « Médecins amis du vin ». Voyant ce que ses confrères ne discernaient pas, le légiste avait des méthodes très personnelles, fruits d'une longue expérience.

— C'est drôle, confia-t-il à Higgins en savourant sa dernière bouchée, j'ai eu l'intuition que tu étais derrière ce coup-là ! Des cadavres haut de gamme expédiés par une huile, avec un impératif de résultat express. Le beau linge panique, et c'est toi qui t'en occupes !

— Une obligation.

— On en a tous. Pour moi, la dernière n'a pas été drôle. Un gars de quarante ans, un genre d'océanographe spécialisé dans l'étude des sédiments, des plages et autres cailloux. Il a été massacré par une bande de fous furieux, sans doute des drogués. Et quand je dis massacré... Méconnaissable, tant le visage avait été détruit, à coups de batte de cricket. Après l'autopsie, à la demande de la famille et avec de bonnes photos, je lui ai rendu ses traits. Une sorte de masque composé avec des matériaux presque inusables. De temps en temps, un légiste redonne un semblant de vie.

Babkocks alluma un cigare dont les émanations suffisaient à éloigner les oiseaux, les insectes et les bactéries.

— À propos de nos deux cadavres, tu as abouti à une conclusion en si peu de temps ?

— J'ai eu de la chance, concéda le légiste. Les symptômes étaient comparables à ceux révélés par l'autopsie d'un espion liquidé par le KGB, peu avant qu'il ne devienne le FSB. Des professionnels qui savaient manier des cocktails efficaces. Et mon récent matériel me permet maintenant d'identifier rapidement des substances bizarres. Les deux bonshommes, ils ont été tués de la même manière et avec les mêmes produits. Du boulot sophistiqué. Je te passe les noms barbares des ingrédients, diffusés par un spray. Ils sont au nombre de trois : le premier paralyse presque instantanément, le deuxième stoppe la respiration, le troisième achève le patient. Opération terminée en une minute.

— Des poisons difficiles à se procurer, je présume ?

— Ils ne sont pas encore en vente au supermarché, mais à un certain niveau d'influence et de moyens financiers, aucun problème. Aujourd'hui, tout se vend et tout s'achète.

— L'assassin n'est donc pas forcément un agent secret ?

— Pas forcément. L'utilisation du spray est à la portée de n'importe qui. Il suffit de viser les narines de la cible.

— Tu peux m'indiquer l'heure des assassinats ?

— Entre 22 h, pas avant, et 23 h, pas après. Ils ont été commis à faible intervalle. Et si je me laissais aller, je situerais le premier vers 22 h 30 et le second cinq minutes plus tard. L'assassin est doté d'un joli sang-froid.

— Aucune ombre sur les causes de la mort ?

— Tu me connais, je suis d'un naturel méfiant ! J'ai creusé la question et je suis formel. M'Bélé M'Bélé était un beau gaillard en parfaite santé ; le Chinois, en revanche, avait abusé du cognac, et son foie n'avait pas bonne mine. Ni l'un ni l'autre n'a esquissé le moindre geste de résistance. Entre la surprise et l'arrêt des fonctions vitales, ils n'ont pas eu le temps de réfléchir. Sois prudent, Higgins, l'exécuteur est un type aussi dangereux que déterminé. Et si son spray n'est pas épuisé, c'est une arme redoutable.

⋆

Dans la voiture, le téléphone de service se manifesta.

— Marlow, j'écoute... Oui, il est à côté de moi. Je vous le passe.

Higgins prit l'appareil.

— Vous sortez de chez le légiste, affirma la voix d'Okimi Nivagobi.

— En effet.

— Vous a-t-il procuré des conclusions définitives ?

— En effet.

— La Chine est pressée de récupérer le corps de son ressortissant. Et le Sénégal souhaite celui de M'Bélé M'Bélé. Vous ne vous y opposez pas, j'espère ?

— Je ne m'y oppose pas.

— Les assassinats sont confirmés ?

— Ils le sont. Le rapport de Babkocks vous fournira des détails que vous connaissez certainement déjà. Une question : l'un des suspects appartient-il à votre service ?

Un long silence.

— Non, inspecteur.

— Pourquoi devrais-je vous croire ?

— Parce que le problème aurait été résolu. Surtout, ne perdez pas une minute. Les avocats des personnalités assignées à résidence bataillent ferme, et nous avons beaucoup de mal à les retenir.

— L'intervention de Scotland Yard sera apaisante.

— Les recherches sur la cagoule abandonnée par l'assassin et sur l'identité de 3612-HC-DMI-12 se poursuivent. Dès qu'elles aboutiront, je vous avertirai.

— Merci de votre obligeance.

Higgins raccrocha, Marlow avait écouté la conversation.

— Des indices sérieux, à votre avis ?

— Possible.

— Plutôt une nouvelle filouterie de Nivagobi ! jugea le superintendant. Il prend plaisir à nous égarer et se réjouira de notre échec. Un sac d'embrouilles, voilà ce qui nous attend. Et il pourrait nous exploser à la figure !

— 8 —

— Puisque Bill Carson est un faux nom, selon Nivagobi, commençons par découvrir le vrai, proposa Higgins. Il réside dans un immeuble high-tech de Notting Hill.

La vieille Bentley gagna ce quartier branché, adulé par le monde du spectacle et lancé par un carnaval afro-caribéen inauguré en 1964. À cette occasion, deux millions d'amateurs se dandinaient aux rythmes de la soca, du ska, du reggae et de nouvelles musiques que Higgins évitait avec soin, restant fidèle à de vieux auteurs, comme Mozart et Bach, qui savaient enchanter l'âme et régénérer les cellules du cerveau au lieu de les détruire.

L'immeuble se situait à l'ouest de Holland Park, dans une ruelle que gardait un vigile.

— Scotland Yard, annonça Marlow. Je me gare ici et vous surveillez ma voiture.

— Pour la bonne forme, je dois noter chez qui vous allez.

— Bill Carson.

— Troisième bâtiment sur votre droite. Je vous ouvre la porte.

Le vigile tapota sur son portable.

Suivant ses indications, les deux policiers atteignirent un hall aux vitres fumées. Un « bzzz », un pan qui coulisse, puis ils pénétrèrent dans une sorte de cage bardée de caméras.

— Qui êtes-vous ? interrogea une voix informatique.

— Scotland Yard. Nous voulons voir M. Bill Carson.

Une bonne minute d'attente.

— Ascenseur ZA, touche 124.

De nouvelles caméras, une montée rapide, un arrêt brutal.

— Appuyez sur « Stop » pour ouvrir, exigea la voix.

Marlow s'exécuta et ils se retrouvèrent sur un palier, face à une porte munie de capteurs et d'un écran.

— Tenez-vous droits, sur la marque inscrite au sol.

Un rond vert.

— Quand s'affichera le mot « Sortie », vous pourrez entrer.

Une nouvelle minute de patience.

« Sortie » s'afficha, la porte blindée s'ouvrit lentement, Marlow et Higgins franchirent le seuil.

Ils découvrirent une antichambre décorée de carreaux de céramique allant du bleu nuit au bleu clair et surmontée d'une coupole parée de feuille d'or. Au centre, une fontaine.

Apparut un petit homme rondouillard et moustachu, vêtu d'un costume blanc et chaussé de Tassel Loafer, des mocassins couverts d'émeraudes.

— Superintendant Marlow et inspecteur Higgins ! Enchanté de vous recevoir. Ne soyez pas étonnés, mes contrôles informatiques m'ont permis de vérifier votre identité. Un superintendant de première classe, pilier de Scotland Yard, et un ex-inspecteur-chef considéré comme le meilleur des « nez » après avoir résolu des affaires criminelles ultrasensibles... Beaucoup d'honneur pour ma modeste personne ! Bien que vous soyez en service, je vous convie à goûter un whisky japonais digne des plus grands crus écossais. Suivez-moi, je vous prie.

Carson conduisit ses hôtes à un bar en forme de tente bédouine, peuplée de coussins chamarrés, de poufs, de tapis épais et de tables basses en marqueterie. Sur l'une d'elles, une cinquantaine de flacons en cristal contenant des alcools aux couleurs variées.

— Une trouvaille récente, messieurs. Une robe fascinante et des saveurs inoubliables.

Bill Carson remplit trois verres d'un liquide ambré.

— Il est tôt, je sais, mais ce breuvage est beaucoup plus tonique que le café ! Asseyez-vous où vous voulez, et pardonnez-moi les mesures de sécurité dont je dois m'entourer. Dans mon métier, l'immobilier de luxe international et la construction de routes à travers la planète, il n'y a pas que de braves gens inoffensifs. Les coups bas sont fréquents, et l'obtention des marchés n'a rien d'une promenade de santé. J'ai vu nombre de collègues, amis ou concurrents, être victimes d'accidents bêtes. Le monde est parfois mauvais. Alors, ce nectar ?

Volubile, chaleureux, charmeur, Bill Carson attendait avec impatience le verdict des dégustateurs.

— Excellent, jugea Marlow.

— Un mélange de force et de grâce, estima Higgins.

— Messieurs, vous me réjouissez ! J'aime partager mes petits trésors, qui embellissent la vie ! Sans ces plaisirs-là, à quoi bon travailler jour et nuit ? Dans mon job, pas question de programmer des vacances. Il faut être là quand il faut où il faut, sans songer à son petit confort. Ici, à Londres, je m'offre parfois deux ou trois jours de détente, sans rencontrer personne. En cas d'urgence, mon ordinateur m'adresse un message et je reprends mon bâton de pèlerin. Étant donné les circonstances, j'ai accepté de stationner dans cette belle capitale une semaine, mais pas davantage. Ne sommes-nous pas au pays de la liberté individuelle ?

— À situation exceptionnelle, mesures exceptionnelles, commenta Higgins.

— J'ai une certitude, messieurs : votre visite dissipera des ombres injustifiées, et me rendra ma pleine et entière capacité d'aller et de venir.

— Je vous le souhaite.

Le visage de Bill Carson se durcit.

— En douteriez-vous ?

— Nous avons plusieurs points à éclaircir.

— Je suis à votre disposition.

— Le premier vous concerne directement.

— Ah bon ? Eh bien, traitons le sujet !

— Quel est votre véritable nom, monsieur Carson ?

— 9 —

Bill Carson assis sur un coussin vert pomme, Marlow sur un pouf orange, Higgins debout.

Les traits de l'homme d'affaires n'exprimaient plus la moindre jovialité. Au contraire, ils avaient la dureté de ceux d'un lutteur prêt à combattre avec une extrême férocité.

— D'où tirez-vous cette faribole ?

— Puisque la question est posée, suggéra Higgins, ne vaudrait-il pas mieux y répondre ? Vous savez bien que nous découvrirons la vérité. L'entendre de votre bouche serait préférable.

L'interpellé vida son verre de whisky japonais.

— Préférable… Pourquoi pas ? J'ai échappé aux radars jusqu'à maintenant, et vous n'êtes pas obligés d'informer mes adversaires, n'est-ce pas ?

— C'est exact.

— Comme il est agréable de discuter entre gentlemen ! Je suis le cheikh Amani, originaire de Dubai, alias Bill Carson, un pseudonyme fort utile sur les marchés internationaux. On me pense américain, et ce masque accroît mon efficacité.

Higgins prit des notes sur son carnet noir.

— Je suis un bon musulman, ajouta le cheikh, et je suis heureux de constater l'expansion rapide de l'islam. Il progresse partout, et personne ne conteste plus son existence et son implantation. Le pétrole a enrichi plusieurs pays fidèles au Prophète, mais nos investisseurs ont aussi exploité d'autres domaines. Le monde arabe se modernise, et je suis l'un des acteurs de ce progrès. Regardez les hôtels d'Abu Dhabi et de Dubai, des merveilles mettant l'Occident à genoux ! Et ce n'est qu'un début. En se répandant, la vraie foi changera les mentalités corrompues et purifiera les mœurs.

— L'alcool n'est-il pas interdit par votre religion ? s'étonna Higgins.

— Le grand poète Omar Khayyam a écrit *L'Éloge du vin*, et certains points de doctrine peuvent être modifiés. Et puis ce que boit Bill Carson, le cheikh Amani l'ignore. Ce détail réglé, si nous dissipions les véritables ombres ?

— Fréquentez-vous l'immeuble Key's 3000 ? interrogea Higgins.

— Comme tous les managers sérieux. Le lieu idéal pour des entrevues sensibles et discrètes. Dans ce secteur, Londres a plusieurs longueurs d'avance sur les autres pays européens.

— Et vous deviez participer à une réunion très confidentielle à cette adresse, n'est-ce pas ?

— Ça n'aurait été ni la première ni la dernière.

— N'avait-elle pas une importance particulière ?

— À la vérité… si. En compagnie d'autres personnalités, nous devions écouter les propositions de deux décideurs d'envergure.

— De qui s'agissait-il ?

— D'Auguste-Alexandre-Maxime M'Bélé M'Bélé et de Hing Peng. Le premier est un haut fonctionnaire de l'ONU, intelligent et ambitieux, l'un de mes meilleurs partenaires ; grâce à lui, j'ai décroché des contrats juteux. Pas le genre plaisantin. Sa présence garantissait l'intérêt de cette rencontre. Le second, Hing Peng, est un milliardaire chinois accrédité par le Parti. Je ne l'ai croisé que deux fois, car il sort rarement de son pays. Un monstre de l'immobilier, incontournable et indéchiffrable. J'ai l'habitude de manier les hommes, mais celui-là, je ne sais pas par quel bout le prendre ! J'avais hâte de l'entendre, mais le rendez-vous a été annulé sans explication.

— M'Bélé M'Bélé et Hing Peng ont été assassinés, révéla Higgins.

Le cheikh parut stupéfait.

— Vous... vous plaisantez ?

— Hélas ! non.

— Assassinés... Mais par qui et pourquoi ?

— Nous tentons de le découvrir.

Le faux Bill Carson alluma un cigare cubain.

— On est en pleine tragédie. Si je m'attendais à ce tsunami...

— Vous ignoriez le motif de la réunion qui aurait dû se tenir avec les deux victimes ?

— Tout à fait.

— Et qui vous a convoqué ?

— Bernie Fitzer.

— Un de vos amis ?

— Pas vraiment. Je l'ai rencontré pour la première fois il y a une quinzaine de jours, et il m'a profondément déplu. Un type négligé, à la parole traînante, au regard glauque… Mais il m'a convaincu en se faisant l'intermédiaire de M'Bélé M'Bélé et de Hing Peng. Qu'il bénéficie de telles relations m'a impressionné. Et j'ai accepté sa proposition, une sorte de symposium avec des options capitales à la clé.

— Vous n'avez pas cherché à en savoir plus ?

— J'ai été intrigué, mais Fitzer est resté énigmatique. Et la curiosité m'a poussé à lui donner mon accord.

— En échange de quoi ?

Bill Carson sourit.

— Vous êtes un enquêteur redoutable, inspecteur !

— Curieux de connaître la vérité, comme vous j'imagine.

— Et vous ne m'accordez pas le privilège de la naïveté ?

— Honnêtement, non.

Le cheikh tira sur son cigare, des volutes de fumée s'élevèrent.

— J'ai exigé le nom de tous les participants à cette réunion, car j'ai horreur des traquenards.

— 10 —

— Et ce n'en était pas un ? s'inquiéta Higgins.
— Aucun ennemi en vue, affirma Bill Carson.
— Plutôt des alliés ?
— Certains, pas tous. Mais vous possédez la liste, je suppose ?
L'ex-inspecteur-chef acquiesça.
— Et vous aimeriez mon opinion ?
— S'il vous plaît.
— C'est assez simple : deux grandes amies, une relation commerciale neutre, un casse-pieds et une inconnue. Voilà la composition de ce petit cénacle, disposé à recevoir deux hommes d'influence. Je commence par qui ?
— L'inconnue, proposa Higgins.
— Angela Macrizzi. Elle m'a abordé lors de la réunion préparatoire organisée par Fitzer avec l'aplomb d'une conquérante : « J'ai soixante ans et je suis la reine des lessives, des cosmétiques et des additifs alimentaires. La couleur noire de ma peau ne vous dérange pas, j'espère ? Je suis américaine et kenyane. La mondialisation en marche, c'est moi. » Je l'ai saluée, et nous en sommes restés là.

— Et le casse-pieds ?

— Un type onctueux, cheveux blancs, sourcils épais, septuagénaire. Le genre flatteur qui veut séduire tout le monde et faire croire qu'il aime l'humanité entière. Louis Stone, à la tête d'une ONG écologique, « La nature pour les pauvres ». Encore l'une de ces embrouilles montées par les Verts ! Ces humanistes flairent l'argent où il se cache, et celui-là confirme la règle. J'évite le contact.

— Parlez-nous de votre relation commerciale… neutre.

— Un Nigérian de grande classe, le contraire du précédent ! Froid, élégant, intelligence supérieure, spécialiste des matières premières et des échanges internationaux. Il m'a ouvert certains marchés africains en contrepartie d'une belle rétribution, mais nous n'avons jamais copiné. Sa seule présence prouvait le sérieux de l'affaire.

— Et vos deux amies ?

— Aussi dissemblables que possible ! Hilary Gooman est une métisse de soixante-sept ans, en perpétuelle ébullition. Le marché américain, du Nord et du Sud, n'a aucun secret pour elle. Depuis dix ans, on s'entend comme larrons en foire ! Indira Tandi, elle, est toute jeune, vingt-cinq ans, et d'une beauté à faire frémir le pire des ascètes. Même un athée lui donnerait le bon Dieu sans confession, et c'est un musulman mondialisé qui vous parle ! Grave erreur, car c'est une prédatrice immobilière sans scrupules dont même les tigres du Bengale auraient intérêt à se méfier. Grâce à elle, j'ai accompli des opérations fabuleuses en Inde et en Asie, en payant le prix fort. Mais je n'ai pas été déçu.

— Aucune de ces personnes n'était informée du motif de cette réunion peu banale ?

— Aucune, inspecteur, et j'en suis persuadé : Fitzer lui-même, l'organisateur, ignorait ce que comptaient nous dire Hing Peng et M'Bélé M'Bélé. Mais vu la qualité des acteurs, on ne donnait pas dans le médiocre.

— Pourrais-je voir votre garde-robe ? demanda Higgins.

— C'est... c'est indispensable ?

— Vous m'obligeriez.

— Bon, bon... Suivez-moi.

Occupant une superficie de deux cents mètres carrés, le dressing du cheikh se composait de grands panneaux décorés de fleurs, que le propriétaire soulevait à l'aide d'une télécommande.

— Vous voulez voir l'ensemble ?

— Si vous y consentez.

Marlow et Higgins contemplèrent une collection de costumes, de blazers, de pantalons, de chemises, de manteaux, d'imperméables, de chaussures... L'ex-inspecteur-chef s'attarda sur la section chapeaux, regroupant une multitude de couvre-chefs occidentaux et orientaux.

— Pratiquez-vous les sports d'hiver ?

— Quand mon emploi du temps me le permet.

— Pour protéger votre tête du froid, que portez-vous ?

— J'aime la vitesse et les pistes noires. Un casque est absolument nécessaire.

— Pas de cagoule ?

— Ah... Non.

— Nous autorisez-vous à admirer votre bureau ?

— Il n'a rien d'exceptionnel ! Enfin, si ça vous intéresse...

Le bureau avait la taille de la garde-robe. Sur des consoles métalliques, des ordinateurs. Ni papier, ni dossiers, ni livres, ni stylos.

Higgins arpenta ce monde glacé.

— Je suis contraint de vous poser une question, monsieur Carson. Où vous trouviez-vous, dimanche dernier, entre 22 h et 23 h ?

— L'heure des crimes... Vous me soupçonnez donc ?

— Votre réponse vous disculpera probablement de manière décisive, intervint Marlow.

— Sûrement, sûrement, puisque je ne suis pas un assassin ! Mais c'est assez délicat. Ma parole d'innocent vous suffirait-elle ?

— Scotland Yard préfère les faits.

Bill Carson tourna le dos aux policiers et regarda le quartier de Notting Hill par la baie vitrée de son bureau.

— Le stress est le pire ennemi du manager ; de temps à autre, un moment de détente s'impose. Et ce dimanche soir, je m'en suis accordé un. Vous comprenez ?

— Certes, approuva Higgins, mais quelques détails seraient les bienvenus.

— Il s'agit de ma vie privée.

— Nous avons deux meurtres à élucider, monsieur Carson.

Le cheikh soupira.

— J'ai passé la soirée et une partie de la nuit dans un cabaret de Soho et j'y ai bu quelques verres en charmante compagnie. Bu… voire trop bu. La petite faiblesse d'un businessman surmené. À la vérité, je ne me souviens de rien, sauf de l'heure à laquelle je suis arrivé, 21 h, car ma montre connectée m'a signalé la liste de mes rendez-vous du lendemain. Ensuite, je me suis laissé aller. Enfin, un peu de décontraction.

— Le nom de ce cabaret.

— *Le Lapin bleu*. Un établissement luxueux et charmant.

Higgins nota.

— Merci de votre collaboration.

— Me voici donc hors de cause. Quand pourrai-je quitter Londres ?

— D'ici peu, je suppose.

— J'attends votre feu vert avec impatience. Pas d'autres questions ?

— Pas pour l'instant.

— 11 —

L'hôtel de Bernie Fitzer se trouvant à proximité du domicile de Bill Carson, la vieille Bentley n'eut qu'une courte distance à parcourir sous une pluie battante. Marlow la confia à un voiturier, puis les policiers s'adressèrent à l'homme aux clés d'or.

— M. Fitzer réside bien chez nous. Nous devons lui monter son breakfast dans dix minutes.

— Nous nous en chargeons, décida Higgins.

★

Souffrant d'une sévère migraine, les muscles douloureux, les yeux collés, Bernie Fitzer crut entendre une sonnerie qui dissipa son cauchemar, dans lequel il devait répondre aux questions d'une centaine d'inspecteurs du fisc armés de haches, de bazookas, de fusils d'assaut et de mitrailleuses lourdes. Impossible de s'enfuir. Seule issue : un immense trou noir.

Fitzer se réveilla tout à fait quand on sonna à nouveau à sa porte. Il enfila une robe de chambre, ouvrit et découvrit deux inconnus, le plus gros portant un plateau de petit déjeuner.

— Inspecteur Higgins et superintendant Marlow. Nous aimerions nous entretenir avec vous.

— Eh bien, entrez.

La suite de Bernie Fitzer était spacieuse et douillette. Une chambre, un salon, un bureau. Le superintendant posa le plateau sur une table basse de marbre rose, Fitzer s'effondra dans un canapé de cuir. Aux murs, des tableaux du XIXe siècle consacrés au Londres de cette époque.

— Je suis crevé, j'ai passé une nuit atroce.

Il se servit un thé très noir et mastiqua un croissant.

— Vous êtes de la police, donc ?

— En effet, confirma Higgins.

— Pourquoi on m'oblige à rester ici ?

— Quelques vérifications.

— En quoi ça me concerne ?

— Avez-vous entendu parler de l'immeuble Key's 3000 ?

— Forcément.

— Forcément ?

— Quand on occupe une certaine surface, et c'est mon cas, on a obligatoirement besoin de rencontrer discrètement des gens influents. Et ça se passe forcément dans un bureau sécurisé de Key's 3000.

— Parmi ces gens influents figurent Auguste-Alexandre-Maxime M'Bélé M'Bélé et Hing Peng.

Bernie Fitzer s'étrangla.

— Pourquoi vous me parlez d'eux ?

— Parce qu'ils ont été assassinés.

Le visage flasque du trentenaire aux cheveux noirs et au menton pointu se décomposa.

— Eux, assassinés...

— Vous les connaissiez bien ?

— Bien, ce serait exagéré... Mais on se croisait. Vous m'excusez, il me faut une bonne douche.

Pendant que Fitzer s'enfermait dans sa salle de bains, Higgins examina les lieux. L'homme n'avait pas un sens aigu du rangement. Éparpillés, des vêtements, des paquets de bonbons, des revues d'informatique, des bouteilles de bière.

Quand il réapparut, Bernie Fitzer portait une chemise verte mal repassée et un pantalon violet tirebouchonné. Fatigué, dolent, traînant les pieds, il revint à la théière et termina son croissant.

— Qui a tué ces deux malheureux ?

— Nous sommes à la recherche du coupable, indiqua Higgins, et vous pouvez nous aider.

— Moi ? Ça m'étonnerait !

— N'avez-vous pas convié un certain nombre de personnalités à se réunir en grand secret pour écouter les propositions de M'Bélé M'Bélé et de Hing Peng ?

— Exact. Ils m'ont chargé de cette mission.

— Séparément ou ensemble ?

— D'abord séparément, puis ensemble.

— Et quelles étaient ces propositions ?

— Je l'ignore. Ils estimaient que leur notoriété suffirait à rassembler ceux et celles qui les intéressaient. Et ils ne se trompaient pas.

— Votre spécialité, monsieur Fitzer ?

— Les microprocesseurs et les cartes de crédit. Je conçois, je fabrique et je vends, avec des collaborateurs dans le monde entier. De quoi être crevé, non ? Vous n'imaginez pas le nombre de démarches, de pièges, d'ennemis et de saloperies cachées sous les tapis… Enfin, je me débrouille. Mon père américain m'a donné le punch, ma mère marocaine le fatalisme. Un heureux mélange.

Bernie Fitzer beurra un toast.

— Comprenons-nous bien, reprit Higgins ; Hing Peng et M'Bélé M'Bélé vous ont communiqué une liste de sommités à contacter pour organiser un symposium au cours duquel ils exposeraient des projets de première importance.

— Vous avez tout compris.

— Connaissiez-vous certains de ces privilégiés ?

— Certains.

— Si vous nous en parliez ?

Fitzer étalait à présent de la marmelade sur son toast.

— La règle d'or des affaires, c'est la discrétion. Dans le business, les bavards ne font pas long feu. Les chargés de communication ont pour objectif d'enfumer les autorités et les médias, afin que les vrais responsables de l'économie travaillent en paix. Vous me suivez ?

— Pas du tout, intervint Scott Marlow. Mon collègue vous a posé une question, et nous attendons votre réponse.

— J'ai oublié la question. Et vous devriez m'imiter.

— Puisque vous êtes habillé et nourri, nous pouvons vous emmener.

— Où ça ?

— À Scotland Yard.

— Vous… vous m'arrêtez ?

— Pas encore. Auparavant, un interrogatoire approfondi s'impose.

— Approfondi ! La torture ?

— Elle est interdite depuis un certain temps.

— De quoi me soupçonnez-vous ?

— De crime, par exemple.

— 12 —

D’un coup de genou intempestif, Bernie Fitzer renversa le plateau du petit déjeuner.

Il se leva, raide comme une statue.

— C’est du délire ! Mon avocat portera plainte.

— Nous y allons ?

— Un instant... Si je cause, je reste en liberté ?

— Tout dépend de vos déclarations.

Fitzer se rassit.

— M’Bélé M’Bélé et Hing Peng voulaient voir six personnes, en plus de moi-même. Trois relations d’affaires, plus ou moins cordiales, et trois inconnus. Bill Carson, Angela Macrizzi et Indira Tandi, je les ai rencontrés pour la première fois lors de notre réunion préparatoire, au cours de laquelle ils ont tous décidé d’écouter M’Bélé M’Bélé et Hing Peng. Bill Carson, j’ai détesté. Un vicieux. Angela Macrizzi, j’ai adoré. Convaincante, la voix ferme, le genre patronne. Indira Tandi, le charme indien au top. Trop belle pour être honnête. Satané mal de crâne ! Une seconde.

Dos voûté, démarche hésitante, Fitzer se dirigea vers une commode. D'un tiroir, il extirpa de l'aspirine et avala deux comprimés.

— Et vos relations d'affaires ? demanda Higgins.

— Un grand ami, une grande ennemie et une pourriture.

Bernie Fitzer s'effondra à nouveau dans le canapé, comme s'il venait de courir un marathon.

— Avec mon grand copain Kant Spinabody, un Nigérian classe et génial, on bosse à fond depuis des années. Lui, c'est parole contre parole. Pas besoin de cent pages de contrat que personne ne respecte. Mais attention : pas d'entourloupe. Sinon, représailles style missile à tête nucléaire. Plus speed et plus efficace que ce type-là, impossible. Il m'a ouvert le marché africain, un eldorado quand on sait se faire payer ; et lui, il sait. Hilary Gooman, en revanche, une vraie tueuse !

— Au sens figuré, je présume, avança Higgins.

— Figuré, figuré… Vous la voyez une seule fois, et vous détalez ! Une vieille horrible petite bonne femme à l'agressivité permanente, une prédatrice qui utilise les pires moyens pour aboutir à ses fins. Et dans son domaine, l'immobilier et la finance, tous les coups sont permis.

— Avez-vous été victime de ses agissements ?

— Non, inspecteur. Si elle apparaît dans mon champ de vision, je m'enfuis.

Higgins nota les déclarations de Bernie Fitzer. La moindre indication, même d'apparence secondaire, pourrait conduire à la vérité.

— Et... la pourriture ?

— La pourriture des pourritures, Louis Stone ! Celui-là, il devrait être en prison depuis longtemps ; pourtant, il continue à prospérer.

— Que lui reprochez-vous ?

— Il est à la tête d'une ONG, « La nature pour les pauvres », et se pavane dans les médias en affichant son grand cœur et sa compassion pour les damnés de la terre. En paroles enflammées, il pourfend le capitalisme et le pouvoir de l'argent. Derrière la vitrine, c'est un peu différent ! L'argent, c'est l'obsession de Louis Stone. Ramasser un pactole en exploitant la crédulité des braves gens et en siphonnant les institutions internationales, c'est sa spécialité. Et le salopard est particulièrement doué !

— Vous seriez-vous heurté à lui ?

— Il a tenté de taper une multitude de chefs d'entreprise, moi parmi tant d'autres ! Stone ne s'attaque pas aux minables. Seul le gros calibre l'attire. Comme j'étais informé, je l'ai viré à coups de pied dans le cul !

Passant sur la vulgarité de l'expression, Higgins souligna son étonnement.

— Pourquoi un tel personnage figurait-il dans un cénacle aussi restreint ?

Bernie Fitzer fut interloqué.

— Je n'avais pas pensé à ça... Ben, je n'en sais rien. La volonté de Hing Peng et de M'Bélé M'Bélé, point barre. Moi, je n'étais pas le décideur, juste leur haut-parleur.

— Sans contrepartie ?

Fitzer contempla ses baskets orange.

— Bien évidemment, murmura-t-il.

— Vous êtes un homme intelligent, observa Higgins, et cette défausse est indigne de vous.

— D'accord, d'accord... Ils m'ont dédommagé.

— Pas de manière officielle, je présume ?

— Vous savez, dans les affaires... Si on déclarait tout, on finirait tous dans le caniveau.

— Êtes-vous frileux ?

Bernie Fitzer écarquilla les yeux.

— Euh... Plutôt, oui.

— Comment vous protégez-vous du froid ?

— Comme n'importe qui, en m'habillant chaudement !

— Chapeau, casquette ou cagoule ?

— Les trois, selon le mordant du froid.

— Dimanche dernier, entre 22 h et 23 h, où vous trouviez-vous ?

Fitzer fixa Higgins.

— Que sous-entendez-vous ?

— Pour le moment, rien.

— Et vous m'obligez à vous répondre ?

— À vous de choisir.

— Au fond, je n'ai rien à cacher ! Dimanche dernier, dimanche dernier, le soir...

Bernie Fitzer prit sa tête entre ses mains.

— Les souvenirs, ça se dissipe vite... Ah, ça me revient ! J'étais si énervé que je me suis défoulé à la salle de gym de mon hôtel. Le rameur, le vélo, les poids et haltères... Je me suis remis en forme. Ensuite, une bonne nuit. Quand le corps est fatigué, l'esprit se repose.

— Est-ce une habitude ?

— En cas de surmenage, oui ; pas de meilleure méthode pour se retaper. Bon, on ne va pas s'égarer dans l'inutile… Je peux quitter ce sympathique hôtel et m'envoler pour New York ?

— Deux ou trois jours de patience vous semblent-ils excessifs ?

— Excessifs, excessifs… Trois jours, mais pas plus.

— Ils vous permettront de pratiquer une gymnastique positive, jugea Higgins.

Les lèvres de Fitzer esquissèrent un sourire.

— Dans trois jours, je me retire de votre beau pays. Les affaires n'attendent pas.

— 13 —

Kensington Court était un îlot de rues tranquilles, proches de Kensington Gardens. Se réjouissant d'un doux rayon de soleil perçant les cohortes de nuages noirs, la vieille Bentley se gara devant un immeuble de brique rouge, la résidence londonienne de Hilary Gooman.

Un butler d'une soixantaine d'années accueillit les deux policiers.

— Qui dois-je annoncer ?

— Superintendant Marlow et inspecteur Higgins.

— Si ces messieurs veulent bien patienter au petit salon… Je préviens madame.

Une pièce encombrée de guéridons supportant des potiches, des vases et de la vaisselle ancienne : une collection de grande valeur que Higgins examina. Des chaises Tudor et des peintures bucoliques complétaient le mobilier. Marlow ne tarda pas à s'irriter. Il détestait que l'on s'autorisât à retarder Scotland Yard.

Un bon quart d'heure s'écoula, le butler réapparut.

— Madame vous attend au grand salon.

Une centaine de mètres carrés surchargés d'objets de collection, allant de jades chinois à des statuettes égyptiennes en passant par des bronzes de la Renaissance italienne. Des tableaux aux cadres rectangulaires, ronds ou ovales masquaient les murs. Parmi eux, deux primitifs flamands, des anonymes vénitiens du XVIIe siècle, un Watteau, un Turner, deux Boudin.

— Vous m'apportez mon bon de sortie, j'espère ? questionna une métisse boulotte, aux cheveux blancs formant une toison bouclée et rigide, grâce à une couche de laque aux reflets brillants. J'adore séjourner dans mon home londonien, mais pas sous la contrainte ! On m'a priée, en haut lieu, de collaborer quelques jours en restant chez moi, pour une raison grave ; j'ai accepté. Maintenant, ça suffit ! J'ai des affaires à traiter à New York et à Pékin. Avant de partir, j'exige des explications.

Vêtue d'un tailleur rose pâle, couverte de bijoux valant une fortune, Hilary Gooman était l'indignation incarnée.

— Votre demande est légitime, admit Higgins.

— Alors, pourquoi me retient-on ici ?

— À cause de deux assassinats.

— Pardon ?

— Dans le cadre de l'enquête criminelle que nous menons, votre concours serait précieux.

— Qui sont les victimes ?

— Auguste-Alexandre-Maxime M'Bélé M'Bélé et Hıng Peng.

— Ah…

— Les connaissiez-vous ?

— Ça dépend.

— Vous prêteriez-vous à un entretien informel ?

— Oui, oui, bien sûr… Asseyez-vous.

Hilary Gooman désigna deux fauteuils à haut dossier du XIVe siècle, provenant d'un château écossais. Ils ne craqueraient pas sous le poids d'un lanceur de tronc d'arbre.

Marlow s'installa, Higgins préféra déambuler. Assez vite, il s'aperçut que chacun des objets du grand salon portait une marque, plus ou moins discrète : H.G. Hilary Gooman. La milliardaire avait un sens aigu de la propriété.

Les narines pincées, l'œil mauvais, elle se préparait au combat.

— M'Bélé M'Bélé… Jamais vu.

— En aviez-vous entendu parler ?

— Possible, mais je n'y ai pas prêté attention. Hing Peng, en revanche, incontournable ! En Chine, je l'ai rencontré une bonne dizaine de fois. Il était l'un des représentants majeurs de la transition entre le passé et le futur. Le Parti communiste lui accordait une totale confiance, et il participait d'une manière décisive à la modernisation de l'économie. Un pur Chinois, adepte de Confucius, d'une intelligence supérieure et patriote en diable ! Amoureux de l'argent, certes, mais surtout de son pays, qu'il voulait camper à la première place des puissances mondiales. Face à lui, on se sentait minuscule ! Et pas de rendez-vous avec n'importe qui. Vous aviez intérêt à ne pas vous répandre en propos vaseux et à lui soumettre des propositions précises. Il tranchait, et pas d'objection possible. Quand Fitzer m'a appelée pour m'apprendre que Hing Peng et M'Bélé M'Bélé désiraient me voir en compagnie d'autres décideurs et qu'une réunion préparatoire aurait lieu dans l'immeuble sécurisé de Key's 3000, je n'ai pas hésité une seconde. Le seul nom de Hing Peng était une garantie de sérieux. La Chine, messieurs, c'est notre avenir à tous. Avec sa faculté d'adaptation, sa population dynamique et son génie technologique, cette nation fabuleuse régnera bientôt sur le monde.

— Bernie Fitzer est-il l'un de vos amis ?

— Lui ? Sûrement pas ! Un magouilleur qui vend ses produits sur la scène internationale grâce à la corruption !

— Des ordinateurs, je crois ?

— Non, inspecteur : des microprocesseurs et des cartes de crédit. Peu importe la qualité, seule compte la quantité. J'éprouve le plus grand mépris pour ce genre de commerçant sans scrupule.

— Votre propre spécialité est bien la finance ?

— La finance et l'immobilier. Deux domaines à haut risque, exigeant un travail considérable. Malgré mon âge, soixante-sept ans, j'ai plus d'énergie que la plupart des jeunes, tellement mous et indécis !

— Hing Peng privilégiait-il ces deux domaines, lui aussi ?

— En effet. Et vous imaginez l'ampleur du marché chinois ! Qui le néglige est condamné à disparaître.

— Lors de cette réunion préliminaire, Bernie Fitzer vous a-t-il révélé les intentions de Hing Peng et de M'Bélé M'Bélé ?

— Non, et il a affirmé qu'il les ignorait, ne servant que de courroie de transmission.

— Vous l'avez cru ?

— En dépit de nos doutes, il a campé sur ses positions.

— Votre hypothèse, madame ?

— Aucune idée, inspecteur ! Mais j'avais hâte d'entendre les deux personnalités qui convoquaient notre petit cénacle.

— Un cénacle à votre goût ?

Les lèvres de Hilary Gooman se serrèrent et blanchirent.

— Suis-je obligée de répondre ?

— Votre avis est essentiel.

— Admettons, admettons...

Flattée, Hilary Gooman pesa ses mots.

— Ce cénacle était une réunion de bandits.

— 14 —

Hilary Gooman appuya sur une sonnette à pied, et le butler se manifesta rapidement. Sur son plateau, trois tasses de porcelaine, une théière et une cafetière en argent.

Étant le seul sujet de Sa Majesté à ne pas supporter le goût du thé, qui lui soulevait le cœur, Higgins fut soulagé. Après le whisky japonais, un arabica haut de gamme lui redonnerait de l'énergie. Scott Marlow opta, lui aussi, pour le café, et ne dédaigna pas les biscuits au gingembre.

— Votre collection de tableaux est remarquable, apprécia Higgins.

— Un spécialiste les achète dans les meilleures salles de vente. Je ne veux que du rare et de l'extraordinaire. Quand je me lasse, j'en vends un et je le remplace par un autre, avec une belle plus-value. L'art, c'est d'abord un investissement.

— Si nous revenions à nos préoccupations premières ? Vous me disiez que ce cénacle était une réunion de bandits…

— À l'exception d'un seul participant, protesta Hilary Gooman : le merveilleux Louis Stone, la générosité personnifiée. Son ONG, « La nature pour les pauvres », est un modèle d'écologie positive et durable ; grâce à lui, des miséreux survivent dans leur environnement d'origine. Des villages sont préservés, des flux migratoires sont évités. Un saint homme dévoué à la cause de l'humanité. Et si gentil, si aimable, si prévenant… Avec lui, le terme « humaniste » prend tout son sens.

— Que faisait-il au milieu de gens moins estimables ?

— Je l'ignore, inspecteur ; c'était le choix de Hing Peng et M'Bélé M'Bélé.

Higgins consulta son carnet. Hilary Gooman réagit aussitôt.

— Vous avez une liste des membres du séminaire ? Qui vous l'a donnée ? Elle aurait dû rester confidentielle !

— Nous menons une enquête criminelle, madame, et il est probable que l'assassin soit l'un d'entre eux.

— Impensable !

— Pourtant, vous avez vous-même prononcé le terme de « bandits ».

Hilary Gooman se statufia.

— Moi, j'ai dit ça ? Ah oui, peut-être.

— Bill Carson, par exemple ?

— Un bonhomme abominable ! Roublard, incompétent, vénal… Tôt ou tard, il finira en prison.

— Des faits précis à lui reprocher ?

— J'exprime un jugement général. Et soyez certain que je n'ai conclu aucun contrat avec ce malfrat !

— Ni avec Bernie Fitzer ?

— Vous avez vu son look ? On dirait un mendiant ! Sale, mal rasé, pouilleux, des vêtements fripés. Jeter le tout à la poubelle serait une œuvre de salubrité publique. Je souhaite ne plus croiser la route de ce déchet.

— L'Indienne, Indira Tandi, est une spécialiste de l'immobilier comme vous, si je ne m'abuse ?

La milliardaire but lentement sa tasse de thé.

— Une prédatrice de la pire espèce, très dangereuse. Si l'on m'apprenait qu'elle a tué de ses mains, je ne serais pas étonnée. Une allure de gamine, mais une âme de tigresse, assoiffée de pouvoir et de richesse.

— Vous êtes-vous déjà heurtées ?

— Deux ou trois fois, et j'ai eu la chance de m'en tirer sans trop de dommages. En Inde, elle est imbattable ; si elle tente de sortir de sa zone d'influence, je ne la raterai pas.

— Kant Spinabody vous apparaît-il aussi peu recommandable ?

— Lui, je ne l'avais jamais rencontré, mais j'en avais beaucoup entendu sur son compte. Un bonhomme glacial, indéchiffrable, le parrain d'une mafia des matières premières. Surtout, ne pas l'approcher.

— Et Angela Macrizzi ?

— La reine des lessives ! Une voleuse notoire qui exploite les pays pauvres et récolte un maximum de bénéfices en écoulant ses produits nocifs. Nous nous sommes instantanément détestées.

— C'est étrange, observa Higgins.

— Quoi donc, inspecteur ?

— Pourquoi M'Bélé M'Bélé et Hing Peng ont-ils réuni des personnes si différentes et, selon vous, plutôt sulfureuses ?

— Nous ne le saurons jamais.

— Vous connaissez bien l'immeuble Key's 3000, je présume ?

— L'endroit idéal pour des entrevues discrètes, dont les médias ne doivent pas être informés. Hing Peng ne pouvait mieux choisir. J'avais déjà eu l'occasion d'utiliser ces bureaux afin de m'entretenir avec des décideurs institutionnels en toute tranquillité, loin de leurs ministères.

— Pratiquez-vous les sports d'hiver, madame Gooman ?

— Quelle horreur ! Je hais le froid et la neige.

— Quand vous y êtes confrontée, comment vous habillez-vous ?

— Manteau, polaire, que sais-je !

— Et sur la tête ?

— Un chapeau si nécessaire... Mais pourquoi ces drôles de questions, inspecteur ?

— Simple détail. En revanche, j'ai besoin d'une précision importante.

Hilary Gooman eut un sourire ironique.

— Mon alibi pour l'heure des crimes... L'ennui, c'est que je ne la connais pas !

— Dimanche dernier, entre 22 h et 23 h.

— Les deux victimes étaient-elles ensemble ?

— Désolé de ne pouvoir vous répondre. Secret de l'enquête.

— Normal, ça ne m'offusque pas. Dimanche dernier, dans la soirée…

Elle réfléchit longuement.

— Voilà, je m'en souviens ! Une journée pénible, une dizaine de rendez-vous avec des entrepreneurs pour préparer la construction de la prochaine tour géante de Londres. Grâce au Brexit, la Grande-Bretagne deviendra un paradis fiscal, et quantité d'entreprises veulent s'y installer, dans des bureaux ultramodernes. J'ai décroché le marché, mais coordonner les étapes du chantier à moindre coût ressemble à un travail d'Hercule ! Je n'ai même pas pris le temps de dîner, et j'ai martyrisé mon ordinateur jusqu'à minuit pour finaliser certains engagements.

— Quel matériel utilisez-vous ?

La milliardaire se haussa du col.

— Le top, inspecteur !

— Sans indiscrétion, accepteriez-vous de me le montrer ?

— Suivez-moi.

Higgins et Marlow échangèrent un bref regard.

Le bureau de Hilary Gooman évoquait la salle de contrôle d'une centrale nucléaire.

— Voici ma machine préférée, indiqua-t-elle face à un écran large, au design implacable. La rapidité des opérations dépasse tout ce qu'on obtenait jusqu'à présent.

Doté d'une excellente mémoire, le superintendant enregistra les caractéristiques techniques de l'appareil, Rolls-Royce de l'informatique réservée à quelques privilégiés.

— Impressionnant, reconnut Higgins.

— Et je n'emploie que dix pour cent de ses possibilités ! L'intelligence artificielle, c'est notre avenir.

« Le mot le plus important, pensa Higgins, c'est "artificielle". »

— Alors, vous me libérez de ma cage dorée ?

— Vous êtes habituée aux lourdeurs de l'administration, madame ; auriez-vous l'obligeance de m'accorder deux ou trois jours pour classer votre dossier dans cette pénible affaire ?

— Parce que c'est vous, inspecteur. Uniquement parce que c'est vous.

— 15 —

Un soleil radieux illuminait Londres, mais ne dissipait pas les embouteillages. Avant de reprendre la route en direction de la résidence de Kant Spinabody, dans Thames Street, Marlow avait contacté Holmes, le jeune génie du laboratoire central de Scotland Yard, pour lui communiquer les coordonnées de l'ordinateur de Hilary Gooman.

À leur arrivée, ce ne fut cette fois pas un butler classique qui accueillit les deux policiers, mais un colosse noir qui dissimulait à peine sous sa veste un calibre de taille respectable.

— Vous êtes qui ?

— Scotland Yard. Superintendant Marlow et inspecteur Higgins.

Marlow et le garde du corps s'affrontèrent du regard. Bien qu'en infériorité pondérale, le superintendant était décidé à faire respecter la loi et l'ordre. Et il n'était pas du genre à reculer.

— C'est urgent ?

— Très.

— Vous avez un mandat ?

— Je suis habilité à vous emmener au Yard pour obstruction à une enquête criminelle.

— On se fâche pas… Je préviens mon patron.

— Je vous accorde deux minutes.

Bien entraîné, le colosse était plutôt rapide. Il respecta presque le délai.

— Le patron vous attend, je vous guide.

Un interminable couloir, des murs blancs, un salon aux murs tout aussi blancs. Aucune décoration, une longue table basse rectangulaire en verre, des chaises modernes en cuir blanc.

— Enquête criminelle ? interrogea la voix grave d'un Noir d'une quarantaine d'années.

À la coupe de son élégant costume bleu nuit, Higgins reconnut la main inimitable de son tailleur, œuvrant chez Stovel & Mason. Quant à la cravate en soie jaune, elle provenait d'un magasin spécialisé.

— Telle est notre mission, confirma Higgins.

— Puis-je connaître l'identité de la victime ?

— Deux victimes : Auguste-Alexandre-Maxime M'Bélé M'Bélé et Hing Peng.

Grand, mince, le front haut, l'œil vif et froid, le nez et le menton pointus, Kant Spinabody avait beaucoup d'allure, mais semblait dépourvu de chaleur humaine.

Nulle émotion ne s'imprima sur son visage.

— Puisque Scotland Yard n'est pas réputé pour ses plaisanteries, je considère que vous me révélez la raison pour laquelle l'un de vos ministres m'a supplié de rester quelques jours à mon domicile londonien. Et j'imagine que vous avez jugé nécessaire de recueillir mon témoignage avant mon départ. Au moins, messieurs, la situation est claire. J'ai horreur du flou. Je vais donc répondre à vos questions, et je vaquerai ensuite à mes occupations. Vu l'heure, un porto vintage et des canapés au saumon d'Écosse seront adéquats.

Utilisant un téléphone intérieur, Kant Spinabody passa commande à son maître d'hôtel.

La pièce étant vide, Higgins renonça à repérer un indice et s'assit à côté de Marlow, face à leur hôte, avant de sortir carnet noir et crayon.

— Vous êtes un des principaux acteurs du marché des matières premières, monsieur Spinabody.

— C'est exact. L'un des plus complexes et des plus volatils, réservé à des professionnels aguerris. Beaucoup d'amateurs et d'imprudents s'y sont cassé les dents. Une information pointue, des contacts dans tous les pays importants, des dossiers en perpétuelle évolution, des réactions rapides... Voilà quelques fondamentaux de mon métier. Et vous me permettrez de garder mes petits secrets.

— Que vous partagez parfois avec des décideurs dans les locaux de Key's 3000.

— L'endroit idéal pour des entretiens confidentiels, en effet. Je suppose, messieurs, que vous avez assez d'expérience pour ne pas croire que les pantins qui affirment nous gouverner exercent réellement le pouvoir. Eux sont des comédiens, ravis de parader sur le devant de la scène ; dans la coulisse, il y a l'auteur de la pièce, le metteur en scène et le régisseur.

— Et vous appartenez à cette catégorie.

— Je m'y efforce. Mais chaque jour remet les acquis en question. Le mot « réussite » est un leurre mortel.

— Auguste-Alexandre-Maxime M'Bélé M'Bélé était-il l'une de vos relations ?

— Une relation privilégiée. Ce haut fonctionnaire de l'ONU était un personnage de l'ombre à l'influence peu visible, mais considérable. Exactement le genre d'homme qu'il faut savoir apprivoiser, sans l'importuner. Exercice ô combien délicat, d'autant plus que M'Bélé M'Bélé était très susceptible. Je ne le critique cependant pas ; enfance difficile, études difficiles, carrière difficile menant à un poste important.

— Lequel ?

— Le secteur des projets écologiques en Afrique. Des milliards de dollars d'investissement en perspective, en fonction de l'air du temps. À moi de m'adapter. On ne change pas le monde, messieurs, on survit en nageant selon le courant et pas contre lui. Ayant compris le processus, M'Bélé M'Bélé était promis à un bel avenir.

— De votre point de vue, une perte regrettable.

— Pas du tout. Un autre le remplacera. Le moule des grandes institutions internationales a déjà produit des dizaines de M'Bélé M'Bélé.

— Vous avait-il confié des inquiétudes ?

— Il avait une confiance illimitée en ses propres capacités et ne doutait pas de ses prochains succès.

— Et vous, vous en doutiez ?

— Ce n'est pas le type d'interrogation qui m'obsède, inspecteur. À chacun de faire ses preuves. Et si l'on échoue, c'est l'élimination. La vie n'a jamais été tendre, elle le sera de moins en moins. Quiconque commet le péché de naïveté n'a aucune chance d'aboutir.

Le maître d'hôtel apporta les canapés au saumon et le porto, qu'il servit dans trois verres en cristal.

Kant Spinabody le goûta.

— Parfait, jugea-t-il.

Higgins partagea cet avis ; Marlow, amateur de breuvages plus corsés, fut moins enthousiaste et se contenta de s'hydrater.

— Qu'en était-il de vos relations avec Hing Peng ? questionna l'ex-inspecteur-chef.

Le Nigérian regarda le plafond et croisa les jambes.

— Hing Peng… Assassiné, vous en êtes certain ?

— Certain.

— Excellente nouvelle.

— 16 —

Les canapés au saumon d'Écosse étaient dignes d'éloge, et Marlow, qui commençait à souffrir de la faim, les apprécia à leur juste valeur.

— La Chine ou la grande illusion, reprit Kant Spinabody. Bientôt première puissance économique mondiale, un immense marché ouvert au capitalisme, la libéralisation en marche... Voilà ce que les médias, soit idiots, soit achetés, nous vendent à longueur de programmes formatés. La réalité est bien différente. Omnipotent, le Parti communiste tient le pays d'une poigne de fer ; exécutions et emprisonnements d'opposants ne cessent de se multiplier, et les démocraties ferment les yeux afin de s'emparer de marchés. Les Chinois exploitent à fond cette lâcheté : transferts de technologies à leur profit, payements différés, investissements défiscalisés à l'étranger, achats de terres, d'aéroports, de ports et d'usines en Europe et en Afrique, implantations de cellules économiques opaques dans le monde entier... Une stratégie de conquête commerciale aussi efficace que celle de l'islam dans le domaine religieux. Empereur occulte de l'immobilier, fidèle serviteur du Parti, Hing Peng était un fauve vicieux, imprévisible et impitoyable. J'ai échappé de peu à ses griffes et je redoutais chacune de ses interventions. Il quittait rarement le pays, mais tirait un nombre incalculable de ficelles.

— L'avez-vous rencontré ?

— Deux fois, inspecteur. Et ça s'est très mal passé. Pour lui, l'Afrique était un terrain de chasse gagné d'avance ; moi, je lui ai opposé une certaine résistance. Pas au nom des droits de l'homme, cette gaudriole à l'usage des politiciens et des médias, mais de la rentabilité et des bénéfices à puiser de l'exploitation des matières premières. Nous n'étions d'accord sur rien. C'est à la suite de ces entretiens que j'ai engagé des gardes du corps. Les ennemis des Chinois ont une fâcheuse tendance à se suicider en se défenestrant. Vous comprenez pourquoi la mort de Hing Peng ne m'attriste pas. Aucune illusion, cependant : il sera, lui aussi, vite remplacé.

— Ce que je ne comprends pas, en revanche, c'est la raison pour laquelle M'Bélé M'Bélé et Hing Peng souhaitaient cette réunion secrète à Key's 3000.

— Je n'ai pas trouvé de réponse à cette question, et Bernie Fitzer, l'entremetteur qu'ils avaient choisi, ne nous a fourni aucun élément, comme s'il l'ignorait lui-même.

— Vous en doutez ?

— Il est probable que Hing Peng et M'Bélé M'Bélé voulaient nous réserver la surprise.

— M. Fitzer est-il un homme… correct ?

— Dans son domaine, les microprocesseurs et les cartes de crédit, je n'ai rien à lui reprocher. Lorsque j'ai fait appel à ses services, il a livré des produits honnêtes à des prix honnêtes, même si son apparence n'incite pas à la considération distinguée.

— Drôle d'intermédiaire, ne pensez-vous pas ?

— Oui et non, inspecteur. Malgré sa dégaine, ou peut-être grâce à elle, Fitzer fréquente de nombreuses personnalités et sait tirer parti de son carnet d'adresses. En outre, soyez certain que ses deux commanditaires lui ont versé une belle somme... au noir.

En dégustant un canapé, Higgins dut admettre que Mary ne lui servait pas un meilleur saumon ; celui-là était aussi moelleux que goûteux, loin du poisson industrialisé qui ravageait les intestins et enrichissait les firmes pharmaceutiques.

— Un détail m'intrigue, monsieur Spinabody ; votre prénom, Kant, aurait-il un rapport avec le célèbre philosophe ?

Le Nigérian sourit.

— On ne peut plus direct ! Mon père, un Irlandais anglophobe et germanophile, lisait chaque soir à haute voix *La Critique de la raison pure*. Comme ma mère, une sublime Nigériane morte d'un cancer peu après le décès accidentel de son mari, j'avais alors tendance à m'endormir. Vers l'âge de dix ans, j'ai saisi le sens de deux ou trois phrases, puis d'un paragraphe, puis d'un chapitre, puis du livre entier. Beaucoup plus intéressant que le Talmud, la Bible et le Coran. Bizarrement, j'en ai conclu que ces religions monothéistes menaient l'humanité à sa perte, et que l'animisme de ma tribu d'origine, respectueuse des enseignements du ciel et de la terre, était la seule voie à suivre. À cause du fanatisme, de l'expansion démographique et de l'informatique, notre espèce est devenue folle. À force de croître et de massacrer son environnement, elle s'autodétruira. Et ce ne sera pas une mauvaise nouvelle. J'oubliais, messieurs, je n'habite pas Thames Street par hasard. Scotland Yard serait-il capable de décrypter la raison majeure de mon choix ?

Savourant le dernier canapé au saumon, Marlow sécha. Se remémorant l'histoire de Londres, Higgins osa une hypothèse.

— Les fromages ?

Pour la première fois, une expression, celle de la surprise, anima une seconde le visage de Kant Spinabody, qui reprit aussitôt le contrôle de lui-même.

— Remarquable, inspecteur ! Pour qui se demande encore quelle est la police la plus compétente du monde, voilà une démonstration éclatante.

La porte du salon s'ouvrit à cet instant précis. Le maître d'hôtel fit rouler un chariot de fromages comportant une centaine de produits haut de gamme provenant de Suisse, de France, d'Italie, d'Angleterre et de Hollande. Les accompagnaient des bouteilles de grands crus classés du Bordelais et de Bourgogne.

— Londres n'est-elle pas une ville de traditions ? interrogea Kant Spinabody. Naguère, la corporation des drapiers était encadrée par des natifs de Manchester, les boulangers venaient d'Écosse, les laitiers du pays de Galles. Et c'était dans Thames Street que l'on achetait les meilleurs fromages, mon vice.

Un camembert fait à cœur, un reblochon à peine coulant, un parmesan croquant, un maréchal des alpes valaisannes, et tant d'autres merveilles... Composez votre assiette, je vous en prie.

Aucun restaurant ne présentait une telle variété. Higgins opta pour une farandole de chèvres, Marlow se laissa guider par leur hôte, qui leur proposa également un vin adéquat.

Comme l'ex-inspecteur-chef l'avait déjà constaté, la perfection était parfois de ce monde. Selon les préceptes du Tao, il fallait goûter pleinement ces moments d'exception, en excluant toute préoccupation. Une discipline difficile à exercer, mais dont les fruits nourrissaient l'âme et le corps.

— Votre vice est fort proche de la vertu, estima Higgins.

— Ne dit-on pas que ni vice ni vertu ne franchissent la porte du paradis ? Mais est-il encore accessible à l'heure où la Machine que nous avons engendrée fonctionne à plein régime et nous dévorera bientôt ?

Sous sa froideur, Kant Spinabody cachait un charme certain, qui séduisait les interlocuteurs les plus rétifs.

— En cas de froid vif, questionna Higgins, vous arrive-t-il de porter une cagoule ?

— 17 —

Le Nigérian prit le temps de savourer une bouchée d'authentique gruyère.

— Comme n'importe qui, inspecteur ! Je ne suis pas frileux, mais quand souffle un vent glacial, je n'hésite pas à me couvrir, même si ce n'est pas très esthétique. Mais... pourquoi vous inquiéter ainsi de mes habitudes vestimentaires ?

— N'auriez-vous pas été victime d'un vol, récemment ?

— Non. Comme vous l'avez remarqué, mon domicile est strictement protégé.

— Il est fort probable que l'assassin de Hing Peng et de M'Bélé M'Bélé soit l'un des membres du cénacle qu'ils avaient convoqué par l'intermédiaire de Bernie Fitzer.

Kant Spinabody apprécia une languette de maréchal et but un peu de bourgogne.

— Une vision légèrement terrifiante, inspecteur.

— C'est le lot quotidien de Scotland Yard.

— J'espère que la plupart de vos craintes ne se vérifient pas.

— Un certain nombre, en effet.

— Celle-là en fera peut-être partie.

— Je redoute que non.

— Vous faire changer d'opinion ne doit pas être facile.

— Seuls les faits me guident, pas mon opinion.

— Et vous notez tout sur votre carnet, à l'ancienne.

— M. B. Masters, qui m'a tant appris à l'école de police, me recommandait de me méfier de la mémoire. Aucune faculté n'est plus infidèle. Néanmoins, j'admets que vos chèvres me rappellent d'excellents souvenirs de séjours dans le Berry, en France, et dans des contrées méditerranéennes.

— Bien entendu, vous allez me demander mon jugement concernant les personnalités de ce cénacle peu ordinaire.

— Bien entendu.

— Puisque vous possédez une liste exhaustive, inutile de tourner autour du pot. Nous gagnerons du temps. Par qui commençons-nous ?

— À votre guise, monsieur Spinabody.

Le Nigérian réfléchit.

— Par la seule personne que je n'avais jamais rencontrée, Bill Carson. Drôle de bonhomme, à la malhonnêteté tellement voyante qu'on finirait par ne plus y croire. Lors de la réunion préliminaire, il a tenté de m'impliquer dans un projet d'autoroute transafricaine.

— Donnerez-vous suite ?

— Je n'ai aucun goût pour les détournements de fonds, la faillite et les scandales crapuleux. Je me vante d'avoir le flair pour détecter les escrocs, et Bill Carson appartient à cette catégorie.

— Serait-ce également le cas de Louis Stone ?

— Assurément, inspecteur. Mais lui a adopté un autre masque, celui d'une ONG humanitaire au service du milliard de miséreux – et je suis modeste – qui survivent à grand-peine. Au nom de la charité et de l'assistance aux pauvres, il prélève des sommes considérables versées par les institutions internationales et se remplit les poches. Il n'est pas le seul, mais Louis Stone est un voleur de grande envergure.

— Pourquoi avait-il été convoqué d'après vous ?

— Aucune idée. Hing Peng et M'Bélé M'Bélé avaient forcément un projet précis, désormais à jamais enterré.

— Angela Macrizzi, une amie ?

— Au contraire, une ennemie que je combats de toutes mes forces ! Elle a essayé de me soudoyer pour que j'ouvre le marché africain à ses produits désastreux : des lessives et des cosmétiques qui dégradent la peau de manière irrémédiable, et des additifs chimiques qui empoisonnent les aliments. Je suis en procès avec elle ; même si j'échoue, j'espère ruiner sa réputation.

— Hilary Gooman trouve-t-elle grâce à vos yeux ?

— Elle est encore pire que Macrizzi ! Aussi laide, prétentieuse et méchante, mais beaucoup plus puissante. Hilary Gooman est l'un des bras armés des Américains qui imposent leur loi au monde entier, avec un unique objectif : le profit. Et tous les continents courbent l'échine, l'Europe en tête, avec ses pseudo-élites soit stupides, soit corrompues. Immobilier et finance… Hilary Gooman est la reine des tours de passe-passe fiscaux, et personne, pas même un État de droit, que je qualifierais plutôt de tordu, ne lui résiste.

— Et vous-même ?

— Quand elle apparaît dans le paysage, je dois composer, sous peine d'être broyé. J'essaye de m'en tirer au mieux.

— Reste Indira Tandi.

Kant Spinabody se versa un grand verre de bourgogne aligoté et le but lentement.

— La vie vous réserve parfois de bonnes surprises, tel ce vin admirable. Étant donné que vous avez déjà mené votre enquête, autant ne pas se perdre en propos oiseux.

Higgins opina du chef.

— Au Nigeria, je suis chef de tribu et je dispose d'autant de femmes que j'en désire. Je les aime environ cinq minutes ; ensuite elles m'ennuient. Une exception à la règle : Indira. Belle, farouche, indomptable, intelligente, conquérante… Un fauve aussi attirant que redoutable. Nous avons vécu deux années d'une passion dévorante. Pour elle comme pour moi, une éternité. Nous avons rompu récemment.

— Une raison précise ?

— Nos agendas incompatibles. Ou elle pliait, ou je pliais. Et nous n'avons plié ni l'un ni l'autre. Je garderai d'excellents souvenirs, et j'espère qu'il en sera de même pour elle.

— Sa spécialité ?

— Les grands chantiers en Inde et en Asie. Bien qu'elle soit femme et jeune, les politiciens lui mangent dans la main. Peut-être deviendrons-nous adversaires, si les affaires l'imposent.

Des chèvres incomparables, un saint-émilion délicat et charpenté : Higgins s'était régalé. Et Marlow n'en finissait pas de découvrir des fromages inconnus qui enchantaient son palais.

— Nous avons une certitude, révéla l'ex-inspecteur-chef : Hing Peng et M'Bélé M'Bélé ont été assassinés dimanche dernier, entre 22 h et 23 h.

— Et vous attendez, de ma part, un alibi indestructible.

— Au moins plausible, monsieur Spinabody ; beaucoup d'alibis indestructibles nous ont permis d'identifier des assassins.

— Le mien n'a rien de fameux. J'ai la chance de jouir d'une santé robuste, mais dimanche dernier, une fièvre subite m'a coupé les jambes. Je n'ai pas dîné, j'ai absorbé de l'aspirine et je me suis couché vers 20 h. Une longue nuit de sommeil, et j'étais de nouveau frais et dispos.

— Des témoins ?

— Mon personnel.

— Des Nigérians ?

— Tous des gens de ma tribu, fidèles jusqu'à la mort. Dans mon métier, une précaution indispensable. D'autres questions, messieurs ?

— Pas pour le moment, monsieur Spinabody.

— Alors, vous me libérez ?

— Quelques détails à vérifier, et vous pourrez quitter Londres.

— Délai ?

— Trois jours au maximum.

— C'est beaucoup.

— Puis-je solliciter votre compréhension ?

— Vous êtes d'un autre âge, monsieur Higgins, voire sans âge du tout. Ça ne me déplaît pas.

— 18 —

Des nuages circulaient à vive allure dans le ciel de Londres.

— Après ces mignardises, confessa Scott Marlow, je mangerais bien quelque chose de consistant.

— Que penseriez-vous d'un petit restaurant italien de Soho ? suggéra Higgins.

En règle générale, les adresses de l'ex-inspecteur-chef étaient plutôt recommandables ; ainsi la vieille Bentley s'élança-t-elle avec entrain, évitant les embouteillages avec son habileté coutumière. La température douce convenait à son carburateur, et ses pneus épousaient avec souplesse la chaussée à peine humide.

Tonino, le patron, accueillit les policiers avec un large sourire.

— Inspecteur, quelle joie de vous revoir ! Vous avez l'air en parfaite santé.

— Je vous présente le superintendant Marlow.

— Un honneur pour mon établissement ! Je vous sers un authentique Campari et des antipastis en apéritif, suivis de raviolis au salami et à l'aubergine, la spécialité de mon épouse ; inégalable, vous verrez !

Installez-vous à ma meilleure table. Ah… un chianti classico vous conviendra-t-il ?

Connaissant la cuvée du patron, Higgins approuva. Et Marlow ne rechigna pas devant les légumes grillés, du saucisson et du jambon de Parme découpés en fines lamelles. Après de longues heures d'interrogatoire, l'atmosphère bon enfant du petit restaurant et la qualité des mets le détendirent.

— J'ai la sensation qu'aucun ne nous a dit la vérité et qu'ils tueraient leur prochain sans hésitation ni remords. Autant de coupables potentiels que de suspects !

— La vérification des alibis nous permettra d'y voir plus clair.

— Sauf en ce qui concerne Kant Spinabody. Le témoignage de son personnel n'a aucune valeur ! Ce bonhomme est un vrai chef de tribu, et les membres de son clan lui obéissent au doigt et à l'œil.

— Sans aucun doute.

— Mais les autres, quel que soit leur look, ne sont pas moins inquiétants ! Le monde des affaires est pire que la jungle.

— Et la situation n'est pas prête de s'améliorer, confirma Higgins.

— Ces gens ne sont-ils pas intouchables ?

— Leur faiblesse, c'est de le croire. Ils sont persuadés que Scotland Yard mène une enquête de routine et qu'ils retrouveront bientôt leur liberté de circulation. Aussi n'avons-nous que très peu de temps pour dissiper les ténèbres.

— Trop peu…

— Je le crains, mais point n'est besoin d'espérer pour entreprendre. Et notre ami du MI 5 nous fournira peut-être des informations utiles.

— En garde-t-il sous la semelle ?

— Au moins deux : l'identification de la personne qui a utilisé un code informatique pour commettre deux meurtres, et le nom du propriétaire de la cagoule suspecte.

— Le même individu, non ?

— Peut-être pas.

— Vous imaginez... un complot ?

— Laissons toutes les portes ouvertes. Et nous n'en fermerons aucune avant d'avoir répondu à la question décisive : quelle était la raison de cette rencontre exceptionnelle ?

— Tous l'ignoraient, d'après leurs déclarations ; et tous affirment qu'on ne la connaîtra jamais, puisque M'Bélé M'Bélé et Hing Peng ont été assassinés.

— Tous nous mentent, jugea Higgins. Lors de la réunion préparatoire, Bernie Fitzer, le chargé de mission, a révélé la proposition de Hing Peng et M'Bélé M'Bélé. Une proposition si fracassante et si lourde de conséquences que l'un des membres du cénacle a décidé de les supprimer.

— L'assassin est donc à portée de main, mais il peut nous filer entre les doigts !

— Nous n'avons pas dit notre dernier mot, superintendant.

Tonino ne se vantait pas : les raviolis au salami et à l'aubergine de sa cuisinière d'épouse étaient de pures délices.

— Ne sommes-nous pas manipulés, Higgins ?

— Puisque nous ne sommes pas dupes, nous tracerons notre chemin vers la vérité, quelle qu'elle soit.

— Et si elle déplaît au pouvoir ?

— Le pouvoir n'a qu'un but : ne pas être accusé d'incompétence et sortir indemne de ce mauvais pas. Et si nous devons être sacrifiés afin de le préserver, nous le serons.

— Scotland Yard restera Scotland Yard, énonça fièrement le superintendant. Et si l'on veut me briser, on se heurtera à un roc.

Marlow n'avait rien d'un matamore. Pot de terre face au pot de fer, il résisterait autant que possible.

Tonino réservait une surprise aux convives : des amarettis, macarons aux amandes amères, inventés en l'honneur d'un cardinal de Milan. Au cœur de la friandise, une crème à la cerise. Un bref moment de douceur dans une journée ingrate.

— Si le Premier ministre m'a arraché à ma paisible retraite et si le MI 5 nous manipule, estima Higgins, c'est que l'enjeu est d'importance.

— D'une façon ou d'une autre, on imposera une version officielle qui arrangera les autorités.

— Belle lucidité, mon cher Marlow ; mais vous connaissez la loi du grain de sable : à lui seul, il détraque la plus perfectionnée des machines.

— Et nous sommes ce grain-là.

Café et cognac complétèrent un repas revigorant. Bien qu'il fût conscient d'être tombé dans un traquenard, Higgins ne déserterait pas pour autant. Deux hommes avaient été tués selon une méthode sophistiquée, et pour un motif qui dépassait le cadre d'une enquête ordinaire. L'ex-inspecteur-chef aimant terminer ce qu'il avait commencé, il irait donc jusqu'au bout, si l'assassin, voire le gouvernement, lui en laissaient le loisir. Plus que jamais, la question de Mary apparaissait pertinente : « Dans quel monde vivons-nous ? »

Quand la vieille Bentley, qui avait eu le temps de se reposer, redémarra, Higgins sentit que la mort rôdait. Quelqu'un avait déjà frappé deux fois afin d'éviter qu'un secret d'envergure ne fût dévoilé. Et il frapperait encore, s'il se pensait menacé.

Un vent frais animait ce début d'après-midi, les humains s'agitaient, Londres bouillonnait. Garder son calme au sein de ce tourbillon et discerner une lueur dans les ténèbres... Une tâche ardue, si bien évoquée par l'immense poétesse Harriett J. B. Harrenlittlewoodrof, qui méritait mieux que le prix Nobel de littérature, dans son cycle de sonnets *Le Temps décomposé* :

Sombres présages d'une terre maudite,
Dieux vengeurs aux regards perdus,
Mémoires de sang à l'ombre de saules,
Purifiez l'avenir par le feu caché.

Mais l'heure n'était pas à la poésie, et le temps s'écoulait en défaveur de Higgins.

— 19 —

Depuis ses lointaines origines, et malgré les brutales évolutions de la modernité, Londres demeurait une ville de quartiers, fiers de leur spécificité et refusant de se fondre dans l'uniformité d'une mégapole. On était de Chelsea ou de Soho avant d'être londonien. Malgré la mondialisation, beaucoup d'habitants restaient attachés à leur terroir, fût-il urbanisé. Aussi choisir son lieu de résidence, lorsqu'on en avait les moyens, avait-il une signification profonde.

Au nord de Leicester Square, on quittait la Grande-Bretagne pour pénétrer dans une excroissance chinoise. Restaurants, boutiques, supermarchés… ici, tout était chinois, y compris les panneaux de signalisation, déroutant un peu la vieille Bentley, qui peinait à déchiffrer ces caractères insolites.

C'était dans Gerrard Street, l'une des artères de cet univers extrême-oriental, que la richissime Angela Macrizzi avait élu domicile. L'entrée avait la forme d'un grand portique, orné de lanternes bariolées et de dragons en papier.

Dès que la voiture s'immobilisa, un vieux Chinois à la barbichette blanche, vêtu d'une tunique pourpre, s'adressa au superintendant.

— Que puis-je pour votre service ?

— Scotland Yard. Nous venons voir Mme Macrizzi.

— Vous êtes à la bonne adresse. Désirez-vous que je veille sur votre véhicule ?

Higgins lui donna dix livres. Sans cette gratification, la vieille Bentley disparaîtrait corps et biens.

Un autre Chinois, plus jeune et discrètement armé d'une matraque, emmena les deux policiers à un ascenseur, qui monta jusqu'au dernier étage de l'immeuble en brique rouge, récemment rénové.

Sur le palier, un gardien d'une bonne centaine de kilos, au visage franchement hostile.

— J'annonce qui ?

— Superintendant Marlow et inspecteur Higgins.

— Regardez la caméra.

Il y eut un « bzzz », style sifflement de reptile, et un œil électronique analysa les visiteurs.

Un second « bzzz » et une lueur rouge, à la boucle de ceinture du gardien.

— Ça va, entrez.

La porte blindée coulissa sur son rail.

Un instant, Higgins crut contempler l'une des salles secrètes de la Cité interdite de Pékin, qu'il avait eu la chance de visiter en compagnie d'un archéologue local.

Au plafond, une carte du monde avec l'Empire du Milieu en son centre ; aux murs, des peintures représentant les cérémonies célébrées selon les saisons. Sur des tables en marqueterie, des vases anciens décorés de fleurs et d'animaux fantastiques.

— Navrée de vous recevoir, déclara la voix grave d'une femme petite et rondelette, aux cheveux châtains coupés court, avec une frange cachant le front.

« Elle ressemble à Snoopy », songea Marlow, tant les similitudes avec ce chien de bande dessinée étaient frappantes.

Angela Macrizzi portait une robe « Orange Peach », couleur mélangeant le rose et l'orange, parsemée de pétunias. Aux pieds, des bottines fourrées.

— On se moque de qui, dans ce pays ? Pourquoi m'empêche-t-on d'en sortir ?

— À cause de deux assassinats, répondit Higgins, paisible.

— Et j'ai tué qui, moi ?

— La mémoire vous ferait-elle défaut ?

La fureur de la sexagénaire redoubla.

— Vous m'insultez ? Je vous préviens, je ne suis pas n'importe qui. Jusqu'à présent, je me suis comportée en bonne citoyenne. Maintenant, ça suffit ! Et vos histoires stupides ne m'impressionnent pas. Vous dégagez, et je pars pour Pékin.

— Non, madame.

— Comment, non ? Et pour quelle raison ?

— Je vous le répète : deux assassinats.

— Et qui a été trucidé ?

— Auguste-Alexandre-Maxime M'Bélé M'Bélé et Hing Peng.

Angela Macrizzi en resta bouche bée.

— Hing Peng… Impossible !

— Pourquoi donc ?

— Il… il est intouchable ! Un homme d'affaires de premier plan, adoubé par le Parti, aux tentacules innombrables… On n'abat pas ce genre de personnage !

— Le crime n'a pas de limites.

— Vous êtes sérieux ?

— Malheureusement oui. Vous connaissiez bien Hing Peng, je suppose ?

— Oh non, je ne l'ai rencontré que deux fois, à Pékin ; la première, lors d'un cocktail, la seconde en privé. Mais… qui l'a tué ?

— Scotland Yard est chargé d'identifier le coupable.

— Ce n'est pas encore fait ? Vous n'êtes qu'une bande d'incapables !

— Pas toujours, objecta Marlow en fixant d'un regard noir cette hystérique qui l'exaspérait.

— Vous… vous me menacez, maintenant ?

— Nous nous contentons de vous interroger.

— Et vous en avez le droit ?

— Puisque vous êtes mêlée à une affaire criminelle, nous en avons le devoir.

— Moi, mêlée ? Vous déraillez ! Sortez immédiatement. Sinon, mes domestiques vous expédieront par la fenêtre !

— Ce n'est pas la meilleure solution, considéra Higgins en admirant un vase d'un vert irréel, décoré de huppes. Cet excès de violence déclenchera l'intervention des forces spéciales, vous et votre personnel serez incarcérés. En ces temps troublés, l'accusation de terrorisme risque d'être retenue.

— Je partage l'opinion de mon collègue, assena Marlow. Et j'ai bien envie d'alerter la brigade concernée.

Angela Macrizzi se calma.

— Une démarche excessive, messieurs ! Si on négociait ?

— Sur une base simple, précisa Marlow : vous répondez à nos questions, ici ou à Scotland Yard.

— Et si je refuse ?

— Entrave à notre enquête et présomption de complicité de meurtre, au minimum.

Angela Macrizzi réfléchit.

— Bon, je réponds.

— 20 —

Angela Macrizzi conduisit ses hôtes jusqu'à une terrasse arborée, à l'abri des regards grâce à de hauts thuyas, et encombrée de potiches chinoises modernes. Des sièges bas imitaient ceux utilisés à la cour de l'empereur, au XVIIIe siècle. Des canards et des grues en bois complétaient la décoration.

— Vous semblez fascinée par la république populaire de Chine, observa Higgins, attentif à la santé déficiente des plantes, souffrant de la pollution.

— Qui ne le serait pas, inspecteur ? L'avenir de l'humanité est là, pas ailleurs ! Décrocher un contrat avec la Chine, c'est le pactole, et je me suis battue pour mes lessives avec la dernière des énergies. Palabres interminables, contrats impossibles à signer tellement ils m'étranglaient, rendez-vous reportés pour user ma patience, et je vous passe le reste ! Mais je suis teigneuse et têtue. Et mon entretien avec Hing Peng a été décisif. Pendant dix minutes, j'ai déclamé mon argumentaire commercial. Les yeux mi-clos, il m'a écoutée sans dire un mot. Quand il a regardé sa montre, je me suis interrompue. Et son jugement a été bref : « Yes. » Le jour même, les obstacles administratifs ont été levés, et mes lessives ont inondé le marché chinois.

— Et vos cosmétiques ?

— C'est en bonne voie. En très bonne voie.

— Tout comme vos additifs alimentaires ?

Un rictus anima le visage hostile de la femme d'affaires.

— Vous avez bien étudié mon dossier, inspecteur.

— C'est la moindre des politesses, madame.

— Alors vous savez que, pour les additifs alimentaires, le meilleur biais est l'Europe. En matière d'effets d'annonce écologiques, un fabuleux théâtre ! Derrière le rideau, le business. Vous imaginez, si l'on interdisait la nourriture industrielle ? Un cataclysme économique ! La population de la planète ne cesse d'augmenter, il faut bien la nourrir, et ce ne sera pas grâce au bio ! D'une certaine manière, avec mes additifs alimentaires, je suis une bienfaitrice de l'humanité. Et comme j'ai l'appui d'une grande firme américaine, mes bénéfices vont exploser.

— Votre père n'était-il pas américain ?

— Non, kenyan ; ma mère, elle, était originaire du Texas. Ils sont morts la même année, peu après mon divorce. Un crétin diplômé de Harvard qui voulait me confiner dans une maison sinistre de Caroline du Nord. J'ai été définitivement vaccinée contre le mariage et, en le quittant, je me suis sentie libre comme l'air. La lessive, ma première vocation ! Laver le linge de la planète, ma devise. Ah, pardonnez-moi… J'oubliais de vous offrir du thé.

Pour Higgins, la catastrophe. Heureusement, les plantes en pot ne manquaient pas ; il lui faudrait juste bien viser afin d'y jeter le contenu de sa tasse en toute discrétion.

Répondant à l'appel de sa patronne transmis par une application de son portable, une jeune Chinoise s'empressa d'apporter un plateau laqué supportant une théière en argent, des tasses en porcelaine, un pot à lait, du sucre roux et des pâtisseries extrême-orientales.

L'industrielle et Marlow s'assirent, Higgins, fidèle à ses habitudes, déambula. Avec élégance et lenteur, la Chinoise versa le thé dont l'odeur à elle seule révulsa l'ex-inspecteur-chef.

— J'adore ces sucreries exotiques, avoua Angela Macrizzi ; elles me donnent du peps.

La domestique s'éclipsa.

— Connaissiez-vous M'Bélé M'Bélé ? demanda Higgins.

— Pas du tout.

— Même de réputation ?

— Pas du tout, c'est pas du tout. J'en ai entendu parler pour la première fois par Bernie Fitzer, lors d'une réunion préparatoire à un futur conclave, souhaité par ce M'Bélé M'Bélé et Hing Peng.

— N'avez-vous pas cherché à vous renseigner sur son compte ?

— Aucun intérêt. Le nom de Hing Peng me suffisait. Avec lui, c'était forcément du sérieux. Du très sérieux.

— Bernie Fitzer mérite-t-il de semblables qualificatifs ?

— Sûrement pas ! Il est loin d'avoir bonne réputation, mais ses produits se vendent dans de nombreux pays.

— Vous n'avez donc jamais fait appel à ses services ?

— Je ne vous jure pas qu'aucune de mes filiales n'a travaillé avec l'une des siennes. En tout cas, dans mes principaux sièges sociaux, il n'est pas un fournisseur attitré.

— Quand il vous a contactée, vous avez dû être étonnée.

— Ah ça oui, inspecteur ! Mais deux éléments m'ont convaincue qu'il ne s'agissait pas d'une mauvaise farce. D'abord, le lieu du rendez-vous, l'immeuble Key's 3000 ; il n'accueille que des personnalités marquantes du monde des affaires et de la politique, en parfaite confidentialité. Ensuite, la présence de Hing Peng qui ne sort de Chine que pour traiter d'énormes contrats.

— Et quel était l'objet de celui-là ?

— Bernie Fitzer l'ignorait. Hing Peng et M'Bélé M'Bélé tenaient à nous le révéler eux-mêmes, si nous acceptions de participer à un séminaire ultrasecret.

— Et tous les participants à la réunion d'information ont accepté ?

— Tous. Même le plus obtus a senti qu'un événement majeur allait se produire et qu'il ne fallait pas manquer cette opportunité.

— Si je vous suis bien, Key's 3000 était, pour vous, un endroit familier.

— Je le connais par cœur, et j'y ai rencontré quantité de grands patrons et de décideurs. Pour le moment, on y est à l'abri des médias, à condition d'occuper une certaine surface financière qui vous permet d'obtenir les codes d'accès. Le nouveau club à l'anglaise, en quelque sorte.

— Puis-je vous poser une question indiscrète ?

— Essayez toujours !

— Votre garde-robe comporte-t-elle une ou plusieurs cagoules ?

Angela Macrizzi parut surprise.

— Une cagoule… Comme celle d'un bandit qui attaque une banque ?

— Par exemple.

— Non, non… J'aime les chapeaux, pas les cagoules.

— 21 —

Angela Macrizzi se gavait de pâtisseries chinoises et avait déjà bu sa tasse de thé ; au moment où elle se détournait pour se resservir, Higgins vida le contenu de la sienne dans un bac à thuya. Une longue pratique lui avait appris rapidité et efficacité. Puis il la posa délicatement et consulta son carnet noir.

— Je suppose, madame, que vous tenez à garder confidentielle la liste des personnes présentes à la réunion préparatoire.

— C'est l'évidence ! Sinon, pour qui me prendriez-vous ?

— Je suis obligé d'insister.

— Peine perdue, inspecteur. Le secret professionnel ne se négocie pas.

— Sauf lorsqu'il s'agit d'un assassinat, en l'occurrence de deux. Et nous avons la certitude que le coupable est l'un des membres du séminaire.

— La certitude... Ça signifie que je pourrais être accusée de complicité de meurtre, si je persiste à me taire ?

— Exactement, confirma Marlow.

L'industrielle goba les dernières sucreries et les fit glisser avec une nouvelle tasse de thé.

— Et si je coopère, vous me ficherez la paix ?

— Si vous n'avez rien à vous reprocher, qu'auriez-vous à craindre ? souligna Higgins, apaisant.

— Puisque c'est le cas, jouons cartes sur table ! À part Bernie Fitzer, il n'y avait que cinq autres invités. Je n'en connaissais que quatre : Hilary Gooman, Kant Spinabody, Indira Tandi et Louis Stone.

— De bons amis ?

— Seulement deux d'entre eux, Hilary et Louis. Hilary, quelle femme merveilleuse ! Douce, prévenante, honnête, proche des gens, humaniste...

— Une spécialiste de la finance, me semble-t-il ?

— L'une des vedettes souterraines de Wall Street. Elle m'a ouvert le marché américain de la lessive et des additifs alimentaires, dont la production triplera dans les prochaines années. Sans appui local, impossible de réussir aux États-Unis. Gratitude éternelle !

— Et Louis Stone ?

Angela Macrizzi leva les yeux au ciel et tendit les bras devant elle en un geste de prière.

— Louis, mon adorable Louis, un saint homme qui mériterait d'être canonisé ! Je suis, comme lui, une adepte inconditionnelle du pape François, mais Louis est le plus dévoué des chrétiens. Il ne pense qu'aux pauvres, ne vit que pour eux, et veut mettre la nature à leur service. Comme le Christ, il est capable de déplacer des montagnes. Sa compassion est infinie, sa charité sans limites. Quel exemple pour nous tous !

Inutile de vous dire que je contribue financièrement à l'expansion de son ONG.

Songeur, Higgins s'immobilisa.

— Ce cénacle commercial n'avait pas de vocation humanitaire. Comment expliquez-vous la présence de Louis Stone ?

L'industrielle fut interloquée.

— C'est vrai, ça... Je n'y avais pas songé. Pourquoi a-t-il été convoqué ? Je n'en ai pas la moindre idée.

La terrasse n'était un havre de paix qu'en apparence. La barrière végétale ne suffisait pas à repousser les bruits d'un quartier en perpétuelle activité.

— Kant Spinabody, en revanche, ne trouvait pas grâce à vos yeux.

— Un adversaire redoutable, qui me barre l'accès à plusieurs pays d'Afrique, et pas seulement à son Nigeria natal. Il critique la qualité de mes lessives, considère mes cosmétiques et mes additifs alimentaires comme des poisons, sous prétexte d'analyses partiales et tronquées.

— L'avez-vous traîné en justice pour diffamation ?

— Pas encore, inspecteur, mais ça ne saurait tarder ! Rusé, impitoyable, ce bonhomme est un fauve.

— Le verriez-vous dans le costume d'un criminel ?

Angela Macrizzi prit un long temps de réflexion.

— On ne se prononce pas à la légère sur un sujet aussi grave, surtout en présence de Scotland Yard... Mais en mon âme et conscience, je réponds par l'affirmative.

— Sans indices concrets ?

— Si j'en avais, je vous les fournirais !

— Et votre opinion à propos d'Indira Tandi ?

— Si c'est possible, elle est encore pire que lui ! Je n'ai croisé aucune autre femelle aussi ambitieuse et cruelle. Elle tuerait père, mère, famille, amis, afin de s'enrichir ! L'Inde est immense, mais cette harpie a mis la main sur une bonne partie de l'immobilier et ne cesse d'étendre son empire. Comme elle fréquente tous les décideurs, y compris au sommet de l'État, elle émet un jugement sur chaque investisseur qui voudrait aider l'Inde à se développer.

— Vous, par exemple.

— En effet, inspecteur.

— Et son jugement à votre égard fut défavorable.

— Pernicieux, insultant, abominable ! Je me battrai et je gagnerai. Vous reprendrez bien un peu de thé ?

— Merci, non. Un dernier point délicat à aborder : auriez-vous l'obligeance de nous dire où vous vous trouviez, dimanche dernier, entre 22 h et 23 h ?

Angela Macrizzi posa si brutalement sa tasse en porcelaine sur le plateau qu'elle se brisa.

— Ma vie privée ne concerne que moi.

— Certes, madame, mais les circonstances ne sont-elles pas inhabituelles ?

— Peut-être, peut-être... Mais pourquoi vous intéressez-vous à ce jour-là et à cette tranche horaire ?

— N'auriez-vous pas un soupçon ?

L'industrielle croisa les doigts et regarda ses chaussures.

— L'heure du crime ?

— *Des* crimes, rectifia Higgins.

— Où ont-ils été commis ?

— L'ignorez-vous ?

— Bien sûr ! Comment le saurais-je ?

— Si nous revenions à votre emploi du temps, ce soir-là ?

— Nous avons tous nos goûts, inspecteur, et ils ne correspondent pas forcément à notre apparence. Je suis une professionnelle sérieuse et j'ai un certain âge, mais ça ne m'empêche pas d'avoir parfois envie de me distraire. Et ma détente préférée, c'est le Heavy Metal, une musique si puissante qu'elle vous vide le cerveau. Il m'arrive d'en avoir besoin.

— Et ce fut le cas, dimanche dernier ?

— Un concert exceptionnel dans un cabaret branché de Soho, *Death and Destruction*. Le meilleur groupe composé d'Américains et de Jamaïcains complètement déchaînés. Ils sont tellement toniques que le public hurle avec eux. Après le show, on reste sourd au moins deux heures. La plus efficace des thérapies avant de reprendre le collier. Voilà, vous savez tout. Puisque je suis innocentée, puis-je quitter Londres ?

— Des détails administratifs à régler, et vous serez libre de vos mouvements.

— Rapidement, j'espère ?

— Deux ou trois jours.

— Je patienterai.

— 22 —

Louis Stone habitait une petite bâtisse proche de Borough Market, surnommé « le garde-manger de Londres » depuis le Moyen Âge. Trouver une place s'annonçait difficile, mais un bobby vint en aide au superintendant, et la vieille Bentley serait sous surveillance jusqu'à son retour.

Au moment où Marlow appuyait sur la sonnette, la porte de l'immeuble s'ouvrit. Apparut un septuagénaire trapu, aux sourcils épais, vêtu d'un pantalon marron et d'un blouson vert fluo.

— Vous cherchez quelqu'un, messieurs ?

— Louis Stone.

— C'est moi. Désolé, je suis pressé ; si vous pouvez repasser demain…

— Superintendant Marlow et inspecteur Higgins.

— Scotland Yard ! On a donné des consignes policières pour empêcher ma manifestation… Je ne me laisserai pas faire ! Les pauvres, eux aussi, ont le droit de s'alimenter et d'avoir accès aux produits naturels !

À l'évidence, Louis Stone était d'un tempérament colérique et s'emportait aisément.

— Tranquillisez-vous, le rassura Higgins, nous ne sommes pas ici afin de restreindre votre liberté d'expression.

— Ah… Alors pour quoi ?

— Deux crimes.

— Des membres de mon ONG ? Ça devait arriver ! Quand on se bat pour la charité et contre le capitalisme mondial, on est en danger. D'abord des menaces, et maintenant, des morts ! Ce sont des martyrs, et ils seront honorés comme tels.

— Les victimes n'appartenaient pas à votre organisation, précisa l'ex-inspecteur-chef.

— Ah bon, tant mieux… En ce cas, en quoi cette histoire me concerne-t-elle ?

— Nous aimerions recueillir votre témoignage.

— À quel propos ?

— Auguste-Alexandre-Maxime M'Bélé M'Bélé et Hing Peng.

— Ces noms-là ne me disent rien.

— N'êtes-vous jamais allé à l'immeuble Key's 3000 ?

— Ça y est, ça me revient ! On m'a fixé rendez-vous là-bas, et j'y ai appris que les deux bonshommes que vous citez désiraient nous faire une proposition, à moi et à d'autres. Dites, ça ne vous ennuierait pas de discuter en marchant ? Je dois rejoindre les manifestants et leur donner mes instructions.

Équipé d'un petit sac à dos, Louis Stone prit la direction de Borough Market, encadré des deux policiers. Un petit air frais favorisait l'exercice.

— Vous ne connaissiez pas l'existence de M'Bélé M'Bélé auparavant ? insista Higgins.

— Je crois que j'ai vaguement entendu son nom, lors d'une session humanitaire à l'ONU, mais je ne l'ai jamais rencontré.

— Et Hing Peng ?

— Jamais vu non plus.

— Qui vous a contacté pour vous convier à Key's 3000 ?

— Bernie Fitzer, un excellent ami et un authentique humaniste. Il fabrique des cartes de crédit à bas prix, destinées aux économiquement faibles, et je les relie à une banque caritative, de sorte qu'ils puissent se procurer quasi gratuitement le minimum vital. Quand Bernie m'a recommandé de me rendre à un genre de séminaire où serait dévoilée une importante décision, je n'ai pas hésité, persuadé que mon ONG récolterait des fonds.

— Et ce ne fut pas le cas ?

— Bernie nous a parlé de M'Bélé M'Bélé et de Hing Peng, de leur désir de tenir prochainement une conférence secrète au même endroit. Les autres participants étaient enthousiastes, et j'ai donné mon accord, moi aussi. Depuis, j'attendais la date et l'heure. Mais si je comprends bien, cette réunion déterminante n'aura pas lieu.

— En effet, et nous sommes missionnés pour identifier l'assassin de ces deux hommes.

— Je vous souhaite bonne chance, mais je ne vois pas comment vous aider. Ah… Voilà mon compagnon.

Un Chinois rondouillard en uniforme kaki embrassa Louis Stone.

— Jean-Paul, je te présente l'inspecteur Higgins et le superintendant Marlow. Ils enquêtent sur un double meurtre, des gens que je ne connais pas. Une simple formalité qui sera vite terminée. Les autres sont en place ?

Le Chinois s'inclina.

De son sac à dos, qui se révéla être un Powerup Backpack, Louis Stone sortit un ordinateur portable 17 pouces dont la charge était assurée par une batterie 22 400 mAh et 84 Wh.

— Avec ce matériel facile à transporter, je coordonne nos actions. Borough Market, c'est le territoire des produits chers, inaccessibles aux pauvres. Une cinquantaine de membres de mon ONG vont d'abord défiler avec des pancartes aux slogans ravageurs, puis ils interpelleront les commerçants qui entretiennent la misère humaine en fixant des prix indécents.

Sur l'écran, les points stratégiques à privilégier.

— On y va, Jean-Paul. Tu lances la manif, et je vous rattrape.

Le Chinois s'éloigna.

— Un type formidable qui n'hésite pas à cogner, si nécessaire ; lorsqu'on veut soulager les plus démunis et stigmatiser les nantis, il faut savoir se défendre.

Louis Stone remballa son matériel informatique.

— Bon, c'est pas tout ça... Je suis plutôt occupé, finissons-en au plus vite. À propos, la police m'a demandé de ne pas quitter Londres jusqu'à nouvel ordre, et j'ai une grosse manif à Rome la semaine prochaine. Vous me libérez, j'espère ?

— J'espère aussi, mais j'ai encore quelques questions à vous poser.

— Allons-y.

— Portez-vous parfois une cagoule, monsieur Stone ?

Le trapu aux gros sourcils se figea.

— 23 —

— Ça... ça m'est arrivé, il y a longtemps.

— Aux sports d'hiver ? demanda Higgins.

— Non, lors d'un défilé un peu musclé contre le forum de Davos, en Suisse, où se réunissent les pires capitalistes. Avec les membres d'autres ONG, on a protesté contre cette dictature. Comme il faisait très froid, nous portions des cagoules.

— Et vous avez été embarqué par les forces de l'ordre.

— Simple vérification d'identité. On m'a vite relâché.

— N'étiez-vous pas mêlé à quelques casseurs ?

— Sûrement pas ! J'évite ces gens qui nuisent à la cause des humanitaires pacifistes.

Reprenant sa marche en avant, le trio pénétra dans Borough Market, et Louis Stone s'arrêta devant une boucherie.

— Vous avez vu les prix ? Un scandale ! Et comme si ça ne suffisait pas, les humains mangent de plus en plus de viande, alors que les bovins polluent notre planète, sans compter qu'ils boivent trop d'eau. Si vous ajoutez à ça le réchauffement climatique, la multiplication des cyclones, la disparition des forêts, l'augmentation du nombre d'incendies et d'inondations, la montée du niveau des mers et des océans, on court au désastre !

— N'oubliez-vous pas la surpopulation ?

— Ah non, inspecteur ! Cette terre est l'habitat des humains, pas celui des animaux ni des plantes. Dieu a dit : « Croissez et multipliez ». L'accroissement de la population n'est pas un problème ; au contraire, c'est la solution. L'homme n'est pas au service de la nature, c'est la nature qui doit être au service de l'homme, et surtout des pauvres.

Un stand de saucisses grillées diffusait une odeur envoûtante ; pas de l'ordinaire et du bourratif, mais une merveille aux fines herbes et aux épices. S'il n'avait pas été face à un criminel potentiel, Marlow n'aurait pas résisté. Higgins fit preuve de la même abnégation.

— Parmi les membres de ce cénacle si particulier, en connaissiez-vous certains, monsieur Stone ?

— Suis-je obligé de répondre ?

— Dans un premier temps, non, indiqua Scott Marlow ; dans un second, à Scotland Yard, oui.

Les narines de Louis Stone se contractèrent.

— Vous profitez de la situation ! Je dois rejoindre les membres de mon ONG en lutte, et vous me mettez la pression !

— À vous de choisir, proposa Higgins, apaisant.

— Bon, bon, ça va ! Vous savez qui était là, bien sûr ?

Les deux policiers demeurèrent muets et le trio s'éloigna des saucisses grillées, longeant une poissonnerie qui donnait envie d'oublier la viande. De la sole de Douvres au cabillaud en passant par le saint-pierre, un étalage savoureux.

— À part Bernie et moi, déclara Louis Stone, il y avait cinq autres invités, deux hommes et trois femmes. J'en connaissais quatre.

— L'inconnu ?

— Un grand Noir, très élégant, froid, hautain, dominateur. Il m'a glacé le sang.

« Kant Spinabody », nota Higgins.

— L'autre homme ?

— Un amour, Bill Carson ! Des saint-bernard comme celui-là, il en faudrait des milliers ! Il n'a qu'un mot à la bouche : les droits de l'homme. Et c'est un généreux donateur, pour mon ONG comme pour beaucoup d'autres. Sa présence m'a enchanté, je l'avoue. Un gage de qualité et de bonté, que renforçaient deux femmes admirables, Hilary Gooman et Angela Macrizzi. Hilary, c'est la perfection. Depuis le début de ma lutte, elle n'a cessé de m'encourager. Sa fibre sociale est aussi forte que celle d'Angela Macrizzi ; militante infatigable en faveur des réfugiés, qu'ils soient politiques ou climatiques. Toutes deux mériteraient de diriger des États. Avec leur cœur grand ouvert, elles résoudraient n'importe quel problème. Selon elles, et je les approuve pleinement, quels que soient notre origine et notre parcours, nous sommes tous frères et sœurs.

— Même les assassins et les terroristes ? s'inquiéta le superintendant.

— Mais bien sûr ! Ce sont des victimes du capitalisme, de la société de consommation et de l'argent roi. Ils ne sont nullement responsables de leurs actes.

Marlow bouillonnait, mais sa fonction et sa longue pratique lui imposèrent le silence.

— Et la troisième femme ? demanda Higgins.

— Par tous les saints du paradis, s'exclama Louis Stone, la plus pernicieuse des diablesses ! Une perverse qui ne songe qu'à s'enrichir et méprise les déshérités. En Inde, au nom du nationalisme, elle a férocement combattu mon ONG en l'accusant d'ingérence. Si l'enfer l'engloutit, je ne la regretterai pas.

Une boutique haut de gamme proposait de nombreuses épices, composant un tableau aux multiples couleurs ; à côté, des pâtisseries attiraient les gourmands. L'un des émissaires de Stone tentait d'expliquer au propriétaire qu'il aggravait la misère du monde.

— Dimanche dernier, entre 22 h et 23 h, quelles étaient vos occupations ?

Louis Stone mordilla son index.

— Dimanche dernier, dimanche dernier... Voyons, voyons... Je n'ai pas une excellente mémoire... Ah, mais si ! Comment oublier ? J'animais un débat humanitaire au *Café français* de Chelsea, un centre de rencontres écologiques qui vient d'ouvrir. De nombreuses consciences morales étaient rassemblées, et ce fut une soirée fabuleuse. Regardez, voilà le cortège !

Une cinquantaine de manifestants parcouraient Borough Market en brandissant pancartes et banderoles réclamant la baisse des prix des denrées alimentaires, la fin du capitalisme, et des ressources naturelles pour les pauvres. Louis Stone prit la tête de ses troupes, le poing levé.

— J'ai l'impression que nous n'en avons pas fini avec ce saint homme, prophétisa Marlow.

— Probable, admit Higgins ; mais dans l'immédiat, allons interroger la diablesse.

— 24 —

Selon la plupart des Londoniens, l'une des plus envoûtantes artères de la capitale anglaise était Chiswick Mall, en raison de ses villas évoquant l'élégance d'un temps révolu et ses jardins fleuris donnant sur la Tamise. Londres était d'ailleurs marié à ce fleuve ; il l'avait fait naître, préservait ses secrets et lui offrait un charme indéfinissable. Là, on était à mille lieues de l'horrible capitale moderne et de ses délires d'architectes.

Indira Tandi habitait un havre de paix : deux étages, corps central arrondi aux grandes baies vitrées, deux ailes en retrait ornées de vigne vierge, perron précédé d'une pelouse et de massifs d'hortensias. Une demeure de rêve, incitant à la sérénité.

La vieille Bentley appréciait ces îlots tranquilles, où elle rechargeait sa batterie en écoutant le chant des oiseaux.

Ce fut un sikh barbu, enturbanné et armé, qui accueillit les visiteurs et les conduisit à un vaste salon d'où l'on contemplait le cours d'eau. Le décor n'avait rien d'oriental, et faisait plutôt songer à celui d'un manoir de l'époque Tudor, avec des meubles authentiques, d'une valeur exceptionnelle. Les tableaux de tailles variées étaient dédiés aux principaux monuments du Londres d'autrefois.

Quand Indira Tandi apparut, Marlow subit un choc. Certes, il estimait toujours que la reine Élisabeth II était la plus belle femme du monde, mais cette Indienne avait sa place sur le podium. Un diadème dans ses superbes cheveux noirs, des bracelets en argent massif aux poignets, elle portait une chemise rouge aux fines broderies dorées et un pantalon d'une blancheur immaculée. Son cou s'ornait de trois colliers de perles véritables. À côté d'elle, la majorité des top models auraient fait pâle figure.

— Merci de nous recevoir. Je suis l'inspecteur Higgins, et je vous présente le superintendant Marlow.

Ressentant la fascination de son collègue et son incapacité à s'exprimer, il avait volé à son secours. Non seulement Indira Tandi était très belle et ô combien séduisante, mais encore possédait-elle un regard vif et inquisiteur, mettant ses interlocuteurs en position d'infériorité.

— Scotland Yard, enfin ! Vous venez procéder à ma libération, je présume ?

— Probablement.

— Pourquoi ai-je subi cette réclusion ?

— Deux ou trois questions à vous poser et des formalités administratives à accomplir.

La jeune Indienne était tendue.

— Je dois être impérativement à Bombay dans quatre jours au plus tard, et j'aimerais savoir pour quelle raison les autorités me retiennent ici. Poliment, je l'admets, mais fermement ! J'ai collaboré ; à présent, je demande des réponses.

— Nous sommes ici afin de vous les procurer.

Le ton conciliant de Higgins détendit un peu l'atmosphère. Indira Tandi ouvrit une armoire en chêne massif qui abritait un bar contenant une bonne centaine de bouteilles.

— En fin de journée, je m'accorde un doigt de whisky écossais. Rien de tel pour calmer les nerfs et dissiper la fatigue. Vous m'accompagnez ?

Reprenant lentement ses esprits, Marlow se réjouit de l'acceptation de Higgins. L'Indienne versa un délicat liquide ambré dans trois verres en cristal et en offrit un à chacun de ses hôtes.

Elle s'assit sur une chaise à haut dossier, le superintendant prit place sur une sorte de trône avec accoudoirs, et Higgins préféra admirer le mobilier.

— Il provient d'un château campagnard, révéla Indira Tandi ; c'est assez lourd, mais j'affectionne le travail du bois. Alors, allez-vous m'expliquer ?

— N'attendiez-vous pas un rendez-vous important à l'immeuble Key's 3000 ? interrogea Higgins.

La jeune femme se ferma et son regard se durcit.

— Puisque vous citez cet endroit, vous savez qu'il n'abrite que des entretiens strictement confidentiels. Je ne vous répondrai donc pas.

— Vous deviez y rencontrer Auguste-Alexandre-Maxime M'Bélé M'Bélé et Hing Peng, et vous êtes étonnée de leur silence, malheureusement définitif. C'est bien ça ?

— Définitif ? Ça signifie…

— Qu'ils ont été assassinés.

L'Indienne vida son verre cul sec, se resservit un whisky et se rassit.

— Vous avez arrêté le coupable ?

— Pas encore, et nous avons besoin de tous les témoignages qui nous permettront de l'identifier.

— M'Bélé M'Bélé et Hing Peng faisaient partie de mes relations privilégiées. Le premier l'Afrique, le second la Chine, et moi l'Inde. Une alliance fondamentale pour lutter contre l'envahisseur américain. Avec l'Europe molle, pas de problèmes ; la berner est presque un jeu d'enfant, vu la faiblesse de ses dirigeants. La lutte contre les USA, en revanche, est très rude. M'Bélé M'Bélé était un formidable partenaire, très attaché à l'expansion économique de son continent, rongé par la corruption et l'islamisme. Qui a conscience que, dans quelques années, le Nigeria sera aussi peuplé que l'Amérique ? En tant qu'Indienne appartenant à l'un des pays les plus peuplés de notre Terre et donc réservoir de clients potentiels, j'apprécie le boum démographique à sa juste valeur.

— Hing Peng également, je suppose ?

Indira Tandi eut un léger sourire, mi-amusé mi-féroce.

— Le plus redoutable de mes adversaires ! Un terrible prédateur, imprégné de la grandeur chinoise, qui souhaite s'emparer économiquement de l'Inde comme du reste du monde. Mais nous sommes aussi nationalistes que les Chinois, et Hing Peng préférait la diplomatie à l'affrontement. Bien entendu, il pratiquait la ruse et la désinformation avec un art consommé, et le moindre manque de vigilance se payait très cher.

M'Bélé M'Bélé et Hing Peng assassinés... Incroyable ! À l'évidence, un crime politique.

— Nous ne fermons aucune porte.

— Ils n'ont quand même pas été tués par un pick-pocket !

— Êtes-vous une habituée de Key's 3000 ?

— À mon niveau, obligatoirement.

— Y avez-vous rencontré récemment l'une des deux victimes, ou les deux ?

— Vous touchez au secret professionnel, inspecteur !

— C'est parfois nécessaire afin de découvrir la vérité. En l'occurrence, je sollicite votre aide.

La jeune Indienne se concentra.

— Un intermédiaire m'a contactée au nom de M'Bélé M'Bélé et de Hing Peng. Il a organisé une réunion préparatoire à un séminaire au cours duquel l'Africain et le Chinois devaient annoncer une décision capitale concernant la planète.

— Les participants avaient donc été triés sur le volet.

— Si l'on veut...

— L'identité de cet intermédiaire ?

— Vous m'en demandez beaucoup !

— Votre témoignage est capital, et vous comprendrez que ce personnage soit hautement suspect.

— Il s'appelle Bernie Fitzer.

— L'une de vos relations d'affaires ?

L'Indienne éclata de rire.

— Oh non, inspecteur ! Sa réputation est établie : voleur et truqueur. Le genre d'escroc à éviter. Fitzer, un assassin... Pourquoi pas ?

— 25 —

Tout en dégustant un whisky revigorant, Marlow observait les attitudes de la jeune Indienne, aux multiples facettes. Tantôt vive et spontanée, tantôt froide et réservée, imprévisible et insoumise. Si elle était vraiment une diablesse, l'enfer ne manquait pas d'attraits.

— Lors de cette réunion préparatoire, reprit Higgins, Bernie Fitzer vous a-t-il révélé la raison d'être du futur séminaire ?

— Non, car il a prétendu l'ignorer. M'Bélé M'Bélé et Hing Peng se réservaient la primeur de la déclaration. En revanche, par cet intermédiaire, ils réclamaient notre adhésion.

— Des refus ?

— Aucun.

— Si nous évoquions les participants ?

— Hors de question, inspecteur !

Higgins posa son verre sur une table massive aux pieds carrés et ouvrit son carnet noir.

— Si nous sommes chez vous, c'est que la liste des membres de ce cénacle si particulier a été établie.

— L'immeuble Key's 3000 n'est donc pas aussi sécurisé que garanti ! Le MI 5 l'avait piégé… J'aurais dû m'en douter !

— La réalité est moins sophistiquée.

— Je saisis : un autre, ou plusieurs autres, ont parlé ! Puisqu'il en est ainsi, inutile de me taire, en effet ! À moins que vous ne bluffiez, inspecteur.

— Outre vous-même et Bernie Fitzer, la réunion préliminaire comprenait cinq personnes, deux femmes et trois hommes, dont Bill Carson.

Indira Tandi hocha la tête.

— Vous ne bluffez pas… Tant mieux, j'ai horreur de ça ! Je préfère un combat direct à des manœuvres vicieuses, à l'inverse de ce Bill Carson, par exemple. Ce bonhomme est louche, et je le soupçonne de malversations à grande échelle. Il est d'une habileté diabolique, mais finira par commettre une erreur fatale. Et s'il faut lui enfoncer la tête sous l'eau, je n'hésiterai pas !

— Les deux femmes vous ont-elles semblé plus honnêtes ?

— À côté d'elles, Carson n'est qu'un amateur ! Difficile de dire laquelle des deux est la pire. Hilary Gooman, peut-être… La peste des pestes, travaillant pour les Américains. Impossible de compter ses coups tordus. Appuyée par les milieux financiers, corrompue jusqu'à la moelle, intouchable. C'est dangereux, mais je lui résiste, et elle n'a pas encore conquis l'Inde. Quant à Angela Macrizzi, c'est la championne de l'hypocrisie, animée d'une seule ambition : s'enrichir en distribuant ses produits pourris à travers le monde ! Je suis intervenue afin de la bloquer dans mon pays, et elle m'en veut à mort. Une belle guerre à mener… dans laquelle j'ai l'avantage de la jeunesse. Mais ces deux vipères sont presque sympathiques comparées à Louis Stone !

— Son ONG ne sert-elle pas la cause de l'humanité ?

— Elle sert surtout son portefeuille et ses comptes off shore ! Stone est un voleur fort bien organisé, qui va chercher l'argent où il se trouve : auprès des grandes institutions internationales au fonctionnement opaque. De l'Union européenne à l'ONU, en passant par de multiples œuvres caritatives, il n'en rate pas une. Avec une conviction émouvante, il ne cesse de prêcher son amour des pauvres et jure, la main sur le cœur, de mettre enfin la nature à leur service. Et ça marche ! La bêtise guide le monde, Louis Stone l'exploite au maximum.

Higgins scruta une commode ornée de dragons et de sirènes ; doté d'un talent remarquable, l'ébéniste avait rendu ces créatures à la fois effrayantes et séduisantes.

— Si je me fie à votre jugement, les membres de ce cénacle semblaient… douteux.

— Douteux, mais très influents, chacun dans leur domaine ! M'Bélé M'Bélé et Hing Peng ne les avaient pas choisis au hasard.

— N'auriez-vous pas une vague idée du but poursuivi ?

— Pas la moindre, inspecteur ; pourtant, j'y ai réfléchi ! Et j'aurais bien voulu savoir.

— Nous tâcherons d'éclaircir ce mystère, promit Higgins.

— Parvenez-vous à faire parler les morts ?

— Si on les aborde correctement, ils sont parfois très bavards.

Indira Tandi regarda l'ex-inspecteur-chef d'un drôle d'œil ; ce n'était pas ainsi qu'elle imaginait un enquêteur de Scotland Yard.

— N'aurions-nous pas oublié quelqu'un ? reprit-il.

La belle Indienne croisa les jambes et les bras.

— Bien entendu, vous êtes informés de ma liaison avec Kant Spinabody.

— C'est lui qui l'a évoquée.

— A-t-il ajouté que nous avions rompu ?

— En effet.

— Et précisé la cause de cette séparation ?

— Des agendas surchargés, d'un côté comme de l'autre.

— Ce n'est pas faux, mais incomplet.

La jeune femme se détendit et parut soudain mélancolique.

— Kant est un surdoué, pourvu d'une intelligence exceptionnelle et d'une volonté de fer. Nous avons vécu une histoire d'amour fabuleuse. À côté de lui, tous les hommes me semblent fades. Les affaires, les voyages, le surmenage, les combats quotidiens... Des difficultés qui n'étaient pas insurmontables. En revanche...

Un long silence s'installa.

Marlow se demanda si Indira Tandi était sincère ou si elle jouait la comédie. Higgins se garda de briser une réflexion en apparence douloureuse.

— Nous serions restés ensemble, murmura-t-elle, si je n'avais pas eu peur. D'ordinaire, je ne crains rien ni personne, mais cette fois, j'ai été effrayée lorsque j'ai compris que Kant était un tueur. Sa seule règle : parvenir à ses fins, par n'importe quels moyens, sans regrets ni remords. N'être qu'un pion sur son échiquier m'a épouvantée. Avant d'être détruite, je me suis enfuie, consciente de perdre l'homme de ma vie.

— Vos retrouvailles furent-elles courtoises ?

— Kant est la classe et la courtoisie incarnées. J'ai évité de trop l'approcher ; sinon, j'aurais cédé à son charme.

De son écriture fine et rapide, Higgins prenait des notes. Surtout, ne pas se fier à sa mémoire et enregistrer un maximum d'informations, même anodines.

— Vous arrive-t-il de porter une cagoule ?

Indira Tandi fut surprise.

— Une cagoule… Ah non, jamais !

— Même aux sports d'hiver ?

— Je déteste ça.

— Vous ne partez pas en vacances ?

— Pas le temps.

— Auriez-vous l'obligeance de nous dire où vous vous trouviez, dimanche dernier, entre 22 h et 23 h ?

La nostalgie s'effaça aussi brusquement qu'elle était apparue, et les yeux de l'Indienne flamboyèrent.

— L'heure des crimes… Vous me soupçonnez, moi ?

— Simple protocole d'enquête pour vous disculper, l'apaisa Higgins.

— Eh bien, c'est raté ! Je n'ai aucun alibi. Dimanche dernier fut mon premier jour de repos depuis un an, et je ne suis pas sortie de chez moi. En pyjama, je me suis affalée devant la télévision.

— Aviez-vous choisi un programme ?

— Même pas ! J'ai appuyé sur la télécommande pour allumer l'écran. Je suis tombée sur un film idiot, avec des acteurs stupides. Je n'ai pas tenu dix minutes et me suis endormie. Le luxe suprême : douze heures de sommeil.

— Et pas de témoin ?

La jeune femme sourit.

— Aucun de mes amants ne pénètre dans mon domaine réservé.

— Et votre employé sikh ?

— Le dimanche soir, je donne congé à tous mes domestiques, lui compris.

— Ennuyeux, constata Marlow.

Indira Tandi se leva, furibonde.

— Je n'ai pas d'alibi, vous tenez l'assassin, messieurs ! Vous m'emmenez à la Tour de Londres pour me faire décapiter ?

— Pas dans l'immédiat, assura Higgins ; vous n'êtes condamnée qu'à un peu de patience.

— 26 —

La nuit tombait, des nuages rosis par le soleil couchant céderaient bientôt la place à l'obscurité. Ravie de son séjour dans une rue tranquille, la vieille Bentley, devinant une soirée agitée, se sentait d'attaque.

— La journée est loin d'être terminée, confia Higgins à Marlow, en s'installant sur son siège. Deux alibis invérifiables, ceux de Kant Spinabody et d'Indira Tandi. En revanche, cinq autres à confirmer.

— Kant et Indira, un si beau couple... Et si leur séparation n'était qu'une fable, destinée à nous égarer ?

— En ce cas, n'auraient-ils pas inventé un meilleur emploi du temps pour le soir du crime ?

— Vu leur vivacité d'esprit, c'est assez pauvret, je l'admets... Pourtant, je perçois une sorte de combine !

— Et personne n'a accepté de nous révéler le motif de cet extraordinaire séminaire, sans lequel nous avançons dans le brouillard. Offrons-nous du concret, en commençant par le *Café français* de Chelsea qu'a mentionné Louis Stone.

★

— Scotland Yard ? s'étonna le patron, une grande asperge d'une trentaine d'années, vêtue d'une chemise à fleurs et d'un jean. J'aurais commis quelque chose d'illégal ?

— Rassurez-vous, dit Higgins, nous avons seulement besoin d'un renseignement.

— Ouf, j'aime mieux ça ! Je viens d'ouvrir et je ne veux pas d'ennuis. *Brexit or not Brexit*, ici on peut travailler. En France, j'étais tellement écrasé d'impôts et de règlements que je n'y arrivais plus.

Mobilier moderne, murs clairs, photos de la côte atlantique, menu mêlant plats traditionnels français et anglais : le jeune patron tentait de tirer son épingle du jeu.

— Organisez-vous des débats touchant à l'écologie ?

— Une fois par semaine. C'est tendance et ça ramène du peuple. Un bref exposé de l'invité, puis un échange sous forme de questions-réponses. Aujourd'hui, on baigne dans le participatif. Et comme l'assistance cause pas mal, ça lui donne soif et je fais un bon chiffre d'affaires. Bref, tout le monde est content.

— Louis Stone a-t-il récemment animé l'un de ces débats ?

— Oui, inspecteur ! Il militait en faveur de son ONG, « La nature pour les pauvres », qui plaît beaucoup aux écolos. Le seul opposant a été hué. Stone en a profité pour récolter des fonds, et a été vivement applaudi. Je n'ai pas tout compris de ce qu'il racontait sur le réchauffement climatique, mais la soirée était plutôt tropicale, côté consommations ! On a commencé à 21 h et terminé à trois heures du matin.

— Cette petite fête a bien eu lieu dimanche dernier ?

Le patron fronça les sourcils.

— Ah non, pas dimanche, mais samedi dernier !

★

Alors que la vieille Bentley s'élançait désormais vers l'hôtel luxueux de Bernie Fitzer, Scott Marlow, s'il n'avait tenu le volant, se serait frotté les mains.

— Ce Louis Stone, on va le coincer ! Faux alibi... Ça nous permet de le retenir à Londres et d'approfondir son cas.

La fibre écologique du superintendant n'étant guère épaisse et Stone lui apparaissant des plus antipathiques, ce dernier risquait de passer un mauvais quart d'heure quand leurs chemins se croiseraient à nouveau.

Alors qu'un voiturier s'occupait de la vieille Bentley, les deux policiers se présentèrent à l'homme aux clés d'or.

— Scotland Yard... Un problème grave ?

— Nullement, l'apaisa Higgins.

— Notre établissement est honorable et réputé, la discrétion et le confort absolu de nos clients sont des atouts majeurs. L'un d'eux vous causerait-il des difficultés ?

— Pourrions-nous voir votre salle de gymnastique ?

— Elle est à présent intégrée à un Spa ultramoderne, comprenant sauna, hammam, salons de massage et bain bouillonnant. Un lieu de détente idéal pour hommes et femmes d'affaires, toujours stressés. J'appelle le responsable.

En survêtement blanc, un jeune athlète au large sourire accourut. En voyant Marlow, il pensa que ce client-là avait besoin d'une sérieuse cure de remise en forme ; l'autre, en revanche, semblait plutôt alerte.

— Scotland Yard, révéla l'homme aux clés d'or. Veuillez leur faire visiter nos installations.

— La police... Oui, oui, tout de suite !

Volubile, le responsable expliqua que tout était conforme à la réglementation en vigueur, et que le bien-être s'accompagnait d'une parfaite sécurité. Il avait conçu une sorte de parcours de santé, débutant par un bain de vapeur et se terminant dans une piscine à trente-trois degrés, avec jets massant le dos, des cervicales à la plante des pieds. Des cocktails de fruits savamment choisis et dosés contribuaient à l'élimination des toxines.

— Quelques jours de Spa vous évitent des semaines d'hôpital : telle est ma devise, proclama fièrement le responsable. Vous désirez examiner chaque cabine ?

— Ce ne sera pas nécessaire, répondit Higgins. Les noms des personnes utilisant ces superbes équipements sont notés sur un registre, je suppose ?

— Nom et numéro de chambre, bien entendu.

— Nous aimerions connaître la liste de dimanche dernier, entre 22 h et 23 h.

Le responsable parut désemparé.

— C'est… c'est impossible !

— Un ordre de la direction ? s'irrita Scott Marlow.

— Non, non, pas du tout… Dimanche, le Spa était fermé en raison des derniers travaux avant l'inauguration du nouveau complexe, qui a eu lieu lundi matin.

— 27 —

La vieille Bentley avait eu droit à une attention particulière. Jugeant que pare-brise et vitres n'étaient pas impeccables, le voiturier les avait nettoyés en douceur, ainsi que les phares. Y voyant beaucoup mieux, elle se dirigea allégrement vers Soho.

— Je vais lui en donner, du bain bouillonnant, à ce Bernie Fitzer ! s'exclama le superintendant. Un deuxième menteur... Pour quelle raison ?

— C'est d'autant plus troublant qu'il était l'intermédiaire entre les deux victimes et les membres du cénacle qu'elles souhaitaient rencontrer, ajouta Higgins.

— On est en plein marécage... Cette affaire sent de moins en moins bon. Mais Fitzer n'est pas près de quitter l'Angleterre, lui non plus ! Et je compte lui offrir une belle séance de stress dans les locaux du Yard.

★

Le Lapin bleu n'avait rien d'accueillant. Une rue sans âme de Soho, une porte métallique, une façade aveugle, le nom du cabaret en minuscule, suivi d'une inscription : « Members only ».

Une sonnette surmontée d'un Interphone et d'une caméra incorporée. Marlow appuya.

Une voix éraillée :

— Vous êtes membres du club ?

— Scotland Yard.

— Je déteste les blagues ! Allez vous faire...

— Ouvrez immédiatement, ou vous aurez de graves ennuis.

— Vous êtes vraiment... la police ?

— Superintendant Marlow et inspecteur Higgins.

La lourde porte métallique s'ouvrit lentement.

Un couloir étroit. Aux murs, des photos représentant toutes sortes de couples dans des postures peu conformes à la morale victorienne.

— Vous pouvez descendre, expliqua la voix éraillée, je suis en bas.

Le bas était une salle octogonale, avec un bar, une piste de danse et des boxes fermés par des rideaux.

Un sexagénaire barbu, aux cheveux longs, en robe pourpre décorée de pétunias, sirotait un cocktail en aspirant le liquide orangé avec une paille.

— Bienvenue chez moi. Je suis Mickey, né à Gonfreville, de père et de mère inconnus. Il y a quinze ans, la France m'a gonflé. Y en a qui vont à Tombouctou à la nage, moi j'ai traversé le Channel en ferry, et j'ai acheté cette cave pour la transformer en cabaret échangiste. On échange tout, ici, son mari, sa femme, son ex, son petit copain, sa drogue préférée, sa connerie, ses illusions, son passé, son avenir et tutti quanti… Et j'ai du beau linge, du lord frelaté au politicard pourri. Enfin ça, c'est un mélonasme.

— Un pléonasme, rectifia Higgins.

— Si vous voulez. La police ne m'a jamais cherché de poux dans la tête, pourquoi ça commencerait ?

— Nous n'avons aucun grief contre vous.

— Bonne nouvelle ! Je vous offre mon spécial détergent ? Un quart de Cointreau, un quart de tequila, un quart de jus de carottes, un quart de lait au cumin, un quart de blanc sec.

— Désolé, nous sommes en service, objecta Scott Marlow qui, malgré une soif naissante, ne se sentait pas en mesure d'affronter une telle épreuve.

— Pourtant, dans la police, vous êtes tous pintés ! Remarquez, je vous comprends. Vous arrêtez un malfrat le lundi, et le mardi, le juge le remet en liberté. De quoi décourager. Bon, c'est pas tout ça, mais moi, je bosse ; dans un quart d'heure, les serveurs arrivent, et dans une demi-heure, les premiers membres de mon club. C'est plein tous les soirs. Le réservoir de détraqués est inépuisable, et ils ont bien raison de s'amuser comme des dingues. Quand on voit ce qu'on voit et qu'on entend ce qu'on entend, pas d'autre solution.

Mickey, théâtral, leva son verre.

— À moi, bienfaiteur de l'humanité souffrante !

D'une profonde aspiration, il lampa son détergent.

— Si on ne se booste pas, on dérape. Vous me voulez quoi, au juste ?

— Vous parler d'un client, répondit Higgins.

— Je ne suis pas une balance.

— Nous menons une enquête criminelle.

— Sans rire ?

— Sans rire.

— Alors là, ça craint ! Bon, c'est qui, votre assassin ?

— Nous n'en sommes pas là, indiqua Higgins ; Bill Carson est-il l'un de vos habitués ?

— Ce vieux Bill ? Bien sûr ! Un fidèle parmi les fidèles. Et toujours le même protocole : le cocktail maison, une ligne de coke qualité supérieure et une bourgeoise en chaleur qui a envie de s'éclater à l'abri d'un rideau. Un type super, qui ne fait jamais d'histoire, paye cash et laisse un bon pourboire. Si je n'en avais que des comme lui, *Le Lapin bleu* serait le paradis terrestre. Vous n'imaginez pas le nombre de coups que je vous arrange ; dix fois par semaine, je devrais appeler la police. Mais mon expérience d'ancien boxeur et mon poing américain me donnent une présence rassurante. J'en ai pas l'air, mais je deviens vite teigneux quand on m'importune.

— Ce dernier dimanche soir, entre 22 h et 23 h, Bill Carson était-il ici ?

— Dimanche soir, j'ai ouvert à 21 h. Soirée spéciale petite culotte à la dérive. Le sexisme, c'est fini ; plus personne ne se cache derrière ses dentelles. Alors, les fêtards ont pété leurs élastiques ! Et le champagne a coulé à flots sur les chutes de reins.

— Dont celle de Bill Carson ?

— Sûrement pas.

— Vous affirmez qu'il ne participait pas à cette soirée spéciale ?

— Je l'affirme. Je connais ses fesses autant que son visage, et je n'ai vu ni les unes ni l'autre. J'en ai la preuve.

De l'index, Mickey désigna plusieurs caméras de surveillance.

— Je conserve les films un bon mois. Vous voulez ceux de dimanche dernier ?

— Vous nous obligeriez.

— Pas de souci. Et si vous avez le spleen, venez au *Lapin bleu*. Je vous accorderai un traitement de faveur.

— 28 —

Death and Destruction était une nouvelle salle de spectacle hyperbranchée de Soho. On y célébrait le show total, mêlant une musique hurlante à percer les tympans, la danse la plus déjantée et la peinture électronique d'artistes de pointe projetant au plafond leurs œuvres abstraites conçues sur ordinateur.

Les critiques étant élogieuses, pas un intellectuel digne de ce nom ne voulait manquer le dernier concert produit par le créateur Attali Osman, l'un des multiples génies de sa génération.

Légèrement inquiète, la vieille Bentley se gara à proximité, se promettant de garder l'œil ouvert.

La manifestation ne débutant qu'à 23 h, il n'y avait pas encore la queue devant l'entrée. En pianotant sur son portable, Marlow découvrit que les services administratifs siégeaient dans l'immeuble de brique d'à côté.

Coup de sonnette et réponse rapide :

— C'est qui ?

— Scotland Yard.

— Vraiment ?

— Vraiment.

— Vous pouvez monter. Premier étage.

Le monde du secrétariat avait beaucoup changé. Cheveux roux en crête de coq, bustier rose pâle transparent, jupe de cuir trouée en une dizaine d'endroits, lunettes orange aux verres pentagonaux, ongles de toutes les couleurs, l'employée de *Death and Destruction* déstabilisa le superintendant.

— Qu'est-ce qu'il y a encore ? On vient de nous embêter avec des histoires de détecteurs d'incendie, et on a fait le nécessaire ! Vous avez de la chance, le grand chef est au maquillage. Il vous expliquera, je vous conduis.

À l'arrière, la jupe de cuir était largement fendue et ne laissait pas beaucoup de place à l'imagination.

« Par moments, déplora Scott Marlow, je me demande où va l'Angleterre. »

Le salon de maquillage était rempli de danseurs et de danseuses qui interpréteraient un ballet inédit, *La Bataille de Waterloo*, pendant que les musiciens se déchaîneraient sur des rythmes afro-cubains, la sono à fond.

— La police, monsieur Osman, annonça la jeune femme ; j'y retourne, j'ai des factures à traiter.

Style banquier de la City, détonnant avec les costumes des danseurs réduits au minimum, Attali Osman toisa les importuns.

— Le monde de l'art et celui de la répression policière ont peu de points communs, messieurs ; puis-je connaître le motif de cette intrusion, à la limite de la persécution ?

— Enquête criminelle, répondit Marlow, bougon.

Attali Osman leva les yeux au ciel.

— L'art, un crime ! Voilà où nous en sommes. Vous voulez interdire *La Bataille de Waterloo* parce que j'y démontre que Napoléon était homosexuel, Grouchy une femme dévoyée déguisée en général et Wellington un espion à la solde des Russes ! La vérité vous dérange, mais elle triomphera !

— Notre démarche est beaucoup plus modeste, tempéra Higgins.

— Ah... Vous vous soumettez enfin à la loi du progrès artistique ! Le premier socialiste, le Christ, avait donc raison : les miracles existent. Que désirez-vous exactement ?

— Nous nous intéressons au concert de Heavy Metal de dimanche dernier et à ses spectateurs.

Attali Osman fut encore plus pincé, au bord de l'apnée.

— Malédiction des malédictions ! Ce devait être l'un des sommets de l'année, avec un bruit d'enfer déchirant les nuées, et vous osez me percer le cœur !

— *Devait* ? souligna Higgins.

— Une alerte à la bombe. Nous avons dû annuler.

*

— Angela Macrizzi, une menteuse de plus ! s'emporta Marlow en s'installant au volant de la vieille Bentley. Et de quatre : Bill Carson, Bernie Fitzer, Angela Macrizzi et Louis Stone n'ont aucun alibi pour l'heure des meurtres. En outre, ils ont tenté de nous enfumer !

— Complétez la liste des suspects par Kant Spinabody et Indira Tandi, recommanda Higgins ; déclarations invérifiables.

— Reste Hilary Gooman.

Le portable du superintendant grésilla.

— C'est moi… Oui, Holmes, je vous écoute.

Cinq bonnes minutes s'écoulèrent. Marlow remercia et raccrocha.

— Hilary Gooman : menteuse, elle aussi. Holmes a pénétré ses connexions informatiques ; contrairement à ce qu'elle prétend, elle n'a pas surfé sur le Net entre 22 h et 23 h. Toute la bande de séminaristes est suspecte.

À cette conclusion abrupte, mais incontestable, même si le terme de « séminaristes » pouvait paraître inadéquat, une seule réponse dans l'immédiat : un dîner reconstituant.

Higgins invita donc Marlow dans un « gastropub » de Soho, ainsi nommé parce qu'il ne se contentait pas d'être un pub ordinaire, mais servait une cuisine raffinée, dont des escalopes de porc au miel et à l'huile d'olive. Autre particularité : une bière blonde bio était apportée, en tonnelets, par un berger allemand, chien policier à la retraite reconverti dans la restauration. Il s'asseyait devant la table, quémandait quelques caresses, et acceptait d'un grand regard satisfait que les clients le débarrassent de son fardeau.

Les oreilles dressées et la queue battante, le chien posa sa patte sur l'épaule de Higgins dès qu'il s'installa, et ce dernier lui gratta longuement le cou.

En entrée, Marlow apprécia un saucisson chaud à la pistache, puis les escalopes le séduisirent.

— Demain, à la première heure, je convoque toute la troupe au Yard !

— Je vous propose une autre stratégie, superintendant. Avertissez chacun des suspects que nous disposons d'éléments nouveaux qui nous contraignent à leur interdire plus longtemps de quitter Londres. Ils ont trop d'intérêts financiers et relationnels au Royaume-Uni pour passer outre, et cette information troublera l'assassin.

— Ou *les* assassins… Ne serions-nous pas en présence d'un complot ?

— Ce n'est pas impossible. J'en saurai plus demain matin.

— Que comptez-vous faire ?

— En Orient, la pratique des arts martiaux m'a appris à ouvrir l'œil qui est dans le dos. Toute la journée, on nous a suivis.

— Le MI 5 ?

— Sans aucun doute. Okimi Nivagobi a tendu ce que les services secrets appellent une « longue corde », et nous leur servons à la fois de pisteurs et d'appâts, une posture désagréable. Demain, à la première heure, il m'appellera à mon hôtel en exigeant un rapport. Et j'ai l'intention de reprendre la main, afin d'y voir clair.

— 29 —

Le téléphone sonna à 8 h. Levé à 7, Higgins avait eu le temps de s'accorder une douche très chaude, de se raser au poil près, de lisser sa moustache poivre et sel, de savourer un breakfast traditionnel, et de s'habiller avant d'affronter une rude journée.

— Inspecteur ?

— Bonjour, monsieur Nivagobi.

— On peut se voir ?

— Je vous attends.

Higgins reçut l'agent du MI 5 dans un petit salon de style Regency. Deux fauteuils, de petits tableaux ronds illustrant les saisons, un bar.

Okimi Nivagobi avait la mine fripée.

— Ma nuit fut difficile... Cela vous ennuie-t-il que je me prépare un café ?

— Je vous en prie.

— Vous en voulez un ?

— Merci, non.

L'agent secret manipula la machine à expresso.

— Des investigations positives, inspecteur ?

— Mes investigations, vous les connaissez, puisque vous m'avez fait suivre.

— Vous savez, dans le métier, c'est une sorte de réflexe... Et vos résultats ?

— Dans mon métier, le secret de l'enquête est, lui aussi, une sorte de réflexe.

Nivagobi fut irrité.

— On est entre professionnels, et vous devez tout me dire !

— Lorsque vous m'aurez tout dit, j'aviserai.

— Je vous ai exposé le problème, j'ai...

— Vous m'avez envoyé au combat sans me fournir les armes nécessaires, et j'ai cependant obtenu quelques petits succès. Maintenant, vous allez répondre à mes questions. Sinon, notre belle collaboration prendra fin.

Boudeur, Okimi Nivagobi se cala dans son fauteuil en sirotant son café. On lui avait expliqué que Higgins ne serait pas facile à manier, et sa réputation ne semblait pas usurpée.

— Le MI 5 a-t-il piégé l'immeuble Key's 3000 ?

— On s'en occupe, mais ce n'est pas aussi facile que prévu. En revanche, grâce à de nouveaux crédits accordés à l'espionnage informatique, tout sera bientôt sous contrôle. Inutile de vous dire que si nous avions piégé ce lieu de rencontres trop discrètes à notre goût, nous saurions qui a assassiné M'Bélé M'Bélé et Hing Peng, et l'affaire serait close depuis longtemps.

— Vous m'avez orienté vers Bill Carson et Louis Stone, rappela Higgins. Ils sont effectivement suspects.

— Vous voyez, j'ai joué franc jeu !

— Non, monsieur Nivagobi, car les autres membres de ce séminaire si particulier le sont tout autant. Et vous m'avez caché l'essentiel concernant Hing Peng et Auguste-Alexandre-Maxime M'Bélé M'Bélé. Pourquoi étaient-ils alliés et que comptaient-ils proposer ?

— Je vous jure que je l'ignore !

« Jadis, un serment avait une valeur considérable, pensa Higgins ; aujourd'hui, la parole donnée, surtout celle d'un agent du MI 5, relève plutôt de la plaisanterie, plus ou moins sinistre. »

Okimi Nivagobi se fit couler un deuxième café.

— Vous avez pisté ces deux personnages importants et influents, affirma l'ex-inspecteur-chef. Pourquoi ?

— Hing Peng sortait rarement de Chine, et vu ses contacts avec des industriels de premier plan en Occident, on ne le quittait pas d'une semelle. Chaque fois qu'il apparaissait, c'était pour annoncer un investissement colossal. Même si la croissance de la Chine a ralenti, elle continue à acheter à tour de bras, des aéroports aux matières premières en passant par des vignobles et des terres arables. Sans aucun doute, Hing Peng venait soumettre une affaire énorme à des spécialistes soigneusement choisis. Afin de la concrétiser, il avait visiblement besoin du concours de M'Bélé M'Bélé, un magouilleur de haut vol.

— Et que magouillait-il ?

— J'en ai déjà trop dit, inspecteur.

— Pas assez, au contraire. Impossible de découvrir l'identité de l'assassin, si je ne connais pas son mobile.

— M'Bélé M'Bélé, c'est l'ONU, et l'ONU n'est pas du ressort du MI 5, mais du MI 6.

— Mais le MI 5 espionne le MI 6, et vous avez donc un dossier M'Bélé M'Bélé. Que contient-il ?

Okimi Nivagobi regretta que les autorités eussent confié cette enquête à Higgins. Entêté, ne lâchant jamais prise, trop lucide... Un cauchemar !

— Au poste qu'il occupait, avoua l'agent secret, M'Bélé M'Bélé pouvait corrompre un certain nombre de dirigeants, surtout africains mais pas seulement, falsifier des rapports relatifs à l'environnement, signer des contrats dans son domaine d'influence et contrôler les écolos en les enfumant ou en les corrompant. Jusqu'à maintenant, ce n'était qu'un des innombrables petits malfrats qui pullulent, en toute impunité, dans les institutions internationales. Cette fois, en raison de la présence de Hing Peng, il s'agissait forcément d'un gros coup. D'un très gros coup.

— Pas d'autres précisions ?

— Comme on était dans le brouillard, on avait une furieuse envie d'interpeller M'Bélé M'Bélé et de lui demander poliment de le dissiper. Mais on a eu un veto ferme et définitif.

Même minces, ces éléments n'étaient pas anodins, et Higgins avait complété ses notes.

— Avançons en terrain solide, proposa-t-il ; vous avez deux réponses précises à me fournir. Première question : qui se dissimule sous le code 3612-HC-DMI 12 ?

— 30 —

Okimi Nivagobi avala de travers.

— Personne… Je veux dire : personne d'important.

— Permettez-moi d'en douter, puisque l'assassin s'en est servi pour tromper la vigilance de Hing Peng et de M'Bélé M'Bélé. Il s'ajoute donc à notre liste de suspects.

— Non, pas vraiment… Enfin, pas du tout.

— Qui se cache derrière ce code ? insista Higgins, sans hausser le ton.

— Oubliez ce détail.

Bien entendu, si l'utilisateur avait appartenu au cénacle réuni à Key's 3000, Nivagobi l'aurait coincé et se serait dispensé d'une intervention extérieure comme celle de Higgins. Aussi ce dernier pressentit-il la vérité.

— Ce code est celui d'un de vos collègues, n'est-ce pas ?

Stupéfait, l'agent du MI 5 laissa tomber sa tasse en porcelaine. D'une bonne qualité, elle ne se brisa qu'en deux morceaux lorsqu'elle heurta le plancher.

— Qui… qui vous a renseigné ?

— Simple déduction. La cause de vos ennuis ?

— Un piratage informatique, à la suite d'une imprudence. Notre agent a été mis à pied, mais il n'a commis aucun crime.

— En revanche, il connaissait M'Bélé M'Bélé et Hing Peng, puisque son code les a convaincus d'ouvrir leur porte.

Nivagobi parut penaud.

— Nous les avions prévenus qu'un de nos agents prendrait contact avec eux, en toute discrétion, dans l'immeuble de Key's 3000.

— Avec quelle intention ?

— Les mettre en garde, l'un et l'autre, contre toute tentative de manipulation de leur partenaire, et leur signaler que nous suivions cette affaire de près. Le but : les faire reculer, s'ils s'apprêtaient à commettre une sorte de délit à l'échelle mondiale. Mais notre agent a été précédé par l'assassin.

— Vous ne me révélerez pas son nom, lui accorda Higgins, mais précisez au moins ses principales caractéristiques.

— Jeune, Kenyan ayant étudié à Oxford, en relation avec les principaux gouvernements africains pour nous rendre compte de leurs projets. Nous lui avons communiqué son nouveau code lors de l'arrivée de M'Bélé M'Bélé sur le sol britannique, et il a eu le tort de le laisser traîner cinq secondes sur son portable crypté.

— Ne serait-ce pas plutôt vous qui avez eu le tort de lui notifier cette donnée sensible par la voie informatique ?

— Ça regarde mes supérieurs ! s'énerva Nivagobi.

Higgins prit note de cet épisode malheureux, qui ouvrait un horizon.

— Seconde question : qui est le propriétaire de la cagoule retrouvée à Key's 3000 ?

— On s'en occupe.

— Non, monsieur Nivagobi. Le superintendant Marlow et moi, *nous* nous en occupons.

— Dès que nous aurons des résultats, nous...

— Vous les avez déjà, et vous préparez une opération qui risque de contrarier mon enquête. Je la mènerai selon mes propres critères, pas selon les vôtres.

— Vos exigences...

— C'est à prendre ou à laisser, je vous le rappelle.

Négligeant la tasse brisée et le liquide répandu sur le parquet, l'agent du MI 5, fébrile, se prépara un nouveau café.

— Une histoire complexe, inspecteur.

— Je tenterai de démêler les fils.

— Les bandits modernes se méfient de l'ADN, mais pas assez ; la technologie ne cesse de progresser, et nous pouvons repérer des traces infimes sur n'importe quel type de support.

— Par exemple, cette cagoule.

— Par exemple.

— En l'occurrence, de la sueur ?

— Exact. Même séchée, elle parle.

— Et que vous a-t-elle raconté ?

— On a prélevé un bel ADN.

— Et vous êtes allé au fichier.

Okimi Nivagobi ayant tendance au mutisme, Higgins était obligé de lui arracher les confidences.

— Le fichier… Oui, le fichier.

— Et vous avez déniché quelqu'un.

— Oui, quelqu'un, mais sans rapport avec l'affaire qui nous occupe. C'est pourquoi je n'ai pas jugé nécessaire de vous en parler.

— Le nom de ce quelqu'un.

— Je vous assure que…

— Son nom, je vous prie.

Le calme et la courtoisie de Higgins étaient pires que tout.

— Un petit bandit chinois, un certain Jean-Paul, mêlé à de nombreuses rixes, et condamné à de la prison avec sursis.

— Jean-Paul, le compagnon de Louis Stone.

— Ah ? Vous… vous en êtes sûr ?

— Vous êtes un très mauvais comédien, monsieur Nivagobi. Étant informé de cette liaison, vous souhaitiez mettre le premier la main sur ce Jean-Paul, le probable assassin, et célébrer le triomphe du MI 5, au détriment de Scotland Yard. La stupide guerre des polices, qui ne se terminera jamais. Étant donné votre contrariété, j'en conclus que vous n'avez pas encore abouti.

— Une question d'heures, inspecteur !

— J'avertis immédiatement le superintendant Marlow, avec lequel votre service collaborera, jusqu'à l'arrestation de Jean-Paul.

— 31 —

Sur un point, Okimi Nivagobi n'avait pas menti : son service venait effectivement de « loger » Jean-Paul, au terme d'une traque intensive, en utilisant tous les moyens du contre-terrorisme, comme si le Chinois préparait un attentat.

Le superintendant, l'ex-inspecteur-chef et l'agent du MI 5 firent le point à Scotland Yard. Salutations glaciales et entente rien moins que cordiale.

— Vous déballez tout, exigea Marlow.

— Jean-Paul appartient à une bande de dealers et de braqueurs. Petits délits, pas d'envergure.

— En quoi ça vous concerne ?

— Nous soupçonnions l'un des membres de la bande d'être un islamiste radical, et le Jean-Paul lui-même ne nous paraissait pas très frais. On les a placés sous surveillance, sans résultat jusqu'à l'analyse de la cagoule. Là, surprise ! Jean-Paul, compagnon de Louis Stone, était donc présent à Key's 3000 et a participé, de près ou de loin, à l'assassinat de M'Bélé M'Bélé et de Hing Peng.

— Et vous avez voulu nous doubler en l'alpaguant le premier ! tonna Marlow.

— Dans l'intérêt supérieur de l'État, protesta Nivagobi.

— Gardez vos niaiseries pour vous ! Comment avez-vous repéré la planque de Jean-Paul ?

— On a interrogé le pseudo-islamiste radical, qui est un vrai malfrat. Doté d'un solide bon sens, et en échange d'une promesse d'indulgence, il nous a indiqué l'endroit où se terre Jean-Paul. Bien entendu, nous comptions vous remettre ce délinquant.

— Trop aimable. L'adresse du gibier ?

— Un entrepôt désaffecté, au nord de Londres. Si vous n'y voyez pas d'objection, je préconise d'utiliser l'une de nos brigades d'intervention, entraînée pour ce genre de situation. D'après notre premier repérage, le terrain ne nous sera pas favorable. Une approche difficile, beaucoup de cachettes et des possibilités de fuite. Si nous sommes repérés, le gus aura une occasion de nous filer entre les doigts.

— Ce serait désastreux, jugea le superintendant. Si on y allait ?

★

Au cœur d'une ancienne zone industrielle, qui serait bientôt remplacée par des immeubles à loyer modéré, Jean-Paul avait aménagé le repaire de sa bande où étaient stockés les fruits de leurs larcins.

On y procédait au partage, et l'on y buvait de la bière et du gin en préparant le coup d'après.

En tant que chef, le Chinois avait droit à un local privé où il faisait ses comptes et dormait, parfois une vingtaine d'heures, avant de rejoindre son compagnon et de sortir avec lui afin de fêter leurs bonheurs communs.

Alors qu'il s'étendait sur son lit de camp, une lampe rouge s'alluma. Méfiant, le Chinois avait installé des capteurs à bonne distance du bâtiment qu'il occupait. Et puisque ses complices connaissaient les emplacements, il s'agissait donc d'un intrus.

Un intrus malveillant.

La voie de détresse étant prévue depuis longtemps, le Chinois enfila un blouson de cuir et se dirigea vers une porte métallique.

*

Chacun des agents de la brigade d'intervention possédait une batterie de gadgets sophistiqués qui complétaient son armement. L'un d'eux indiqua à son supérieur qu'il avait déclenché un signal d'alarme.

Aussitôt, celui-ci se connecta à l'ensemble du dispositif. Les lieux étaient piégés, et la manœuvre s'annonçait dangereuse.

— Saloperie ! s'exclama Nivagobi, dans le véhicule bardé d'ordinateurs contrôlant la progression de ses troupes ; on est repérés ! Si le bonhomme est armé et se défend bec et ongles, on va en baver.

Marlow sortit du camion pour communiquer la mauvaise nouvelle à Higgins, qui consultait un plan détaillé de la zone.

Mais pas d'ex-inspecteur-chef en vue.

— Bon sang de bon sang, grommela le superintendant, quelle folie va-t-il encore commettre ?

★

À l'extrême-nord du site, derrière une décharge, un petit bois. À l'orée, sous une bâche, une moto tout-terrain. Un sentier, puis une petite route, et la liberté. Aucun flic ne songerait à surveiller ce coin-là.

Le Chinois, tout en se félicitant de sa prévoyance, ôta la bâche et enfourcha l'engin.

Pas de réaction.

Énervé, il insista. Impossible de lancer le moteur.

— Je crains que votre moto ne soit en panne, dit une voix posée.

Jean-Paul se retourna et aperçut un homme de taille moyenne, au visage avenant, presque souriant, vêtu d'un Tielocken traditionnel et coiffé d'une casquette à carreaux.

— Je suis l'inspecteur Higgins et j'ai supposé, en examinant le plan de votre repaire, que cet endroit était la meilleure voie de sortie. Je viens d'alerter les membres de la brigade d'intervention, qui seront ici dans quelques secondes. Restez tranquille et ne mettez pas votre existence en péril.

— Toi, tu vas y passer !

Extirpant de sa poche un couteau à cran d'arrêt, Jean-Paul se jeta sur Higgins.

— 32 —

Les policiers relevèrent Jean-Paul, affalé au pied de sa moto.

— Doucement, doucement ! exigea le Chinois, j'ai sûrement un coude cassé !

— Une mauvaise chute, expliqua Higgins à Marlow et Nivagobi. Le sol est glissant.

— Non, non, c'est ce type, un genre de sorcier ! Il n'a presque pas bougé, m'a désarmé, et je suis tombé, le bras fracassé !

— Notre suspect a trop d'imagination, estima l'ex-inspecteur-chef.

— Emmenez-moi ça au Yard, ordonna Marlow ; on le bichonnera là-bas.

— Je n'ai rien fait, moi !

— T'inquiète pas, mon gaillard, j'ai déjà une dizaine de motifs pour te retenir un bon moment. Et tu auras intérêt à être bavard.

Okimi Nivagobi intervint :

— Vous m'invitez, j'espère ?

— Sûrement pas, rétorqua Marlow. Quand j'aurai le temps, je rédigerai un rapport, et la hiérarchie vous l'adressera.

★

Marlow avait recommandé que l'on fût prévenant avec Jean-Paul. Son coude n'étant pas cassé, mais luxé, et présentant un bel hématome, il avait été dûment soigné. Douché, rasé, correctement vêtu aux frais de l'administration pendant qu'on nettoyait son blouson et son pantalon maculés de boue, il avait dévoré un plat de viande froide et bu du thé vert.

Quand on le conduisit au bureau du superintendant, il se sentait d'aplomb et prêt à résister aux tortures policières.

Pourtant, en voyant Higgins, il eut un mouvement de recul.

— Ah non, pas lui ! Il va me massacrer !

— Pas avant que tu parles, affirma Marlow ; assieds-toi et tiens-toi tranquille. Sinon, tu sais ce qui t'attend.

D'après une vieille légende asiatique, un dieu vengeur pouvait s'incarner dans un humain, et nul n'était en mesure de le terrasser. Aujourd'hui, Jean-Paul avait eu la malchance d'en croiser un, et il ne fallait surtout pas le contrarier.

— Je n'ai rien fait de mal, prétendit le Chinois.

— Vols, braquages, association de malfaiteurs… C'est le domaine du Bien, à ton avis ?

— La vie est dure. Chacun se débrouille.

— De la broutille à côté de l'essentiel : deux assassinats.

— Deux assassinats ? Ah non, je…

Jean-Paul s'interrompit, conscient d'avoir protesté trop vite.

— Je n'ai tué personne, moi.

Marlow eut un regard féroce.

— L'ennui, mon gaillard, c'est qu'on a une preuve. Tu connais ça ?

Il brandit un grand sachet de plastique contenant une cagoule.

— Non, jamais vu.

— Comment expliques-tu qu'on y ait prélevé une trace de ton ADN ?

— Ah si, je me souviens ! Il y a un mois, environ, j'ai été cambriolé.

— Où ça ?

— Dans mon studio de Soho.

— Et on t'a volé cette cagoule ?

— Voilà.

— Rien d'autre ?

— Si, si… Un pantalon, des chaussettes, une paire de chaussures, un blouson.

— Tu as déclaré le vol et porté plainte ?

— Vous savez, moi, la police… Et puis ça n'aurait servi à rien.

Higgins se tenant derrière le Chinois, celui-ci ne se sentait pas à l'aise.

— Et tu crois qu'on va gober ça ! s'exclama Marlow.

— Mais… c'est la vérité !

— Que faisiez-vous, dimanche dernier, entre 22 h et 23 h ? interrogea l'ex-inspecteur-chef, d'une voix apaisante.

— Dimanche dernier, dimanche dernier... J'ai dû aller au cinéma.

— Bizarre, jugea Higgins, parce que nous avons la preuve que, ce jour-là et à ces heures-là, vous avez assassiné deux personnes dans l'immeuble Key's 3000.

Indigné, Jean-Paul se leva, tel un diable jaillissant de sa boîte.

— Faux, complètement faux et totalement impossible !

— Calme-toi et rassieds-toi, exigea Marlow.

Le Chinois obtempéra.

— Pourquoi avez-vous tué M'Bélé M'Bélé et Hing Peng ? demanda Higgins.

— Connais pas ces gens-là !

— Tu es sur la pente fatale, prédit Scott Marlow.

— Et si moi, je vous prouve que vous m'accusez à tort ?

— Aurais-tu un alibi ?

Jean-Paul baissa la tête.

— Oui... Mais pas bon.

— Tu veux dire que tu l'as inventé ?

— Non, non, mais ça m'attirera quand même des ennuis. Si vous me promettez d'être cléments, je vous raconte.

— Tu pousserais pas le bouchon un peu loin ? À cause de cette cagoule, le meilleur des avocats aura du mal à te défendre ! Alors, si tu as moins pire, n'hésite pas.

— Je peux avoir une nouvelle tasse de thé ?

Marlow fit le nécessaire.

Sentant toujours le regard de Higgins sur sa nuque, le Chinois était la proie d'un intense bouillonnement mental. Tout bien réfléchi, il n'avait pas le choix. Il n'échapperait pas à une peine de prison mais, avec un juge compréhensif, elle serait légère.

— Dimanche soir, j'étais sur un coup, avec ma bande.

— 33 —

Jean-Paul reprit son souffle.

— Comme je vous l'expliquais, chacun se débrouille. Et quand on a un contrat, surtout bien payé, on se réjouit.

— Et ce soir-là, souligna Higgins, vous en aviez un.

— Ben oui…

— De quelle nature ?

— Un tabassage. Un type qui avait besoin d'une bonne correction.

— Son nom ?

— Je sais pas. Le commanditaire nous avait donné l'endroit et l'heure. Moi et mes gars, on n'était pas là pour penser, mais pour agir. Fallait tabasser, on a tabassé. Peut-être un peu trop…

— Votre victime est morte ?

— Mes gars ont peut-être un peu trop tapé sur sa figure… Mais le mec s'en remettra.

Une hypothèse traversa l'esprit de Higgins.

— Essayez de joindre Babkocks, demanda-t-il au superintendant.

Par chance, le légiste observait une pause-sandwich. Sur l'ordinateur principal de Marlow, il transmit le portrait de l'océanographe assassiné.

— Regardez, Jean-Paul, s'agit-il de l'homme que votre bande a agressé ?

Le Chinois se crispa.

— Ça lui ressemble.

— L'avez-vous frappé vous-même ?

— Non, non, juste mon équipe !

— Des coups de poing ?

— Pas seulement... Mes gars avaient aussi des battes de cricket. Ça paraît pas, mais ça cause des dégâts. Ils ont peut-être cogné trop fort.

— Tel ne fut pas votre cas ?

— Moi, je dirigeais et j'intervenais pas directement. Quand le type a eu son compte, on a filé.

— Au fond, votre responsabilité est limitée.

Jean-Paul respira mieux.

— C'est ça... Vous avez tout saisi.

— Deux points à éclaircir : le premier, les noms de vos subalternes.

— C'est délicat, très délicat... Normalement, on dénonce pas ses copains.

— Votre souci moral est digne d'estime, reconnut Higgins, mais les circonstances vous contraignent à le négliger.

Le Chinois croisa les doigts et donna quatre noms, accompagnés d'adresses. Marlow lança aussitôt ses limiers.

— Le second point, reprit Higgins, le nom du commanditaire.

— Là, c'est vraiment trop délicat.

— Délicat, mais indispensable.

— Comprenez-moi, inspecteur, je dois me taire.

— Mauvaise idée ! tonna Marlow ; avec trois meurtres sur le dos, je te garantis un long séjour à l'ombre.

— Je n'ai tué personne ! Tout le monde obéit à des ordres. J'ai fait mon boulot, rien de plus.

— Un boulot criminel.

— Non, un simple passage à tabac !

— Sans l'identité du commanditaire, insista Higgins, comment vous croire ?

Jean-Paul fixa ses chaussures.

— Si je cause, je m'en sortirai mieux ?

— La plupart du temps, la tête pensante est plus lourdement condamnée que l'exécutant, dont l'avocat plaide la manipulation.

— Manipulé... C'est ça, j'ai été manipulé ! Moi, je ne suis pas du genre à faire du mal aux gens. Avec mes copains, on se contente de voler les riches. Ce coup-là, on a tous été manipulés !

L'argument enchantait le Chinois.

— Le fait étant acquis, admit Higgins, qui est le manipulateur ?

L'enthousiasme de Jean-Paul retomba.

— C'est pas facile. Il y a des gens qu'on aime, d'autres qu'on n'aime pas. Et quand on les aime, c'est dur de dire qu'on ne les aime pas.

La philosophie du Chinois tapa sur les nerfs de Marlow, qui réussit à se contenir. Higgins demeurant muet, l'aveu se rapprochait ; en confesseur hors pair, l'ex-inspecteur-chef savait respecter la méditation du malfrat.

— Mon commanditaire, déclara Jean-Paul, d'une voix sourde, c'est Louis Stone.

★

En moins de deux heures, les complices du Chinois furent interpellés, amenés au Yard et cuisinés. Tous protestèrent de leur innocence absolue. Certes, ils avaient accompagné leur chef, Jean-Paul, afin de le protéger et de le seconder en cas de nécessité, ce dimanche soir dernier, mais sans commettre la moindre violence. Le seul à avoir manié la batte de cricket, en défigurant sa cible, c'était le Chinois. Aucun de ses employés n'avait participé à l'agression.

Lors de l'inévitable confrontation, Jean-Paul et ses « gars », comme il les appelait, en étaient venus aux mains, et il avait fallu une escouade de policiers pour les empêcher de s'étriper.

De nouveaux interrogatoires avaient abouti à des accusations croisées, chacun tentant d'atténuer son rôle au maximum. Au moins la justice retiendrait-elle le délit de crime en bande organisée, et le premier résultat de l'enquête consistait en l'identification des assassins d'un malheureux océanologue, auquel Babkocks avait redonné un visage.

— Ce massacre vous semble-t-il lié à notre affaire ? demanda le superintendant à Higgins.

— Puisque Louis Stone l'a commandité, et qu'il appartenait au cénacle, c'est une probabilité non négligeable.

— J'ai réussi à le joindre. Il nous attend au siège de son ONG.

Température fraîche et petite pluie n'altérèrent pas le dynamisme de la vieille Bentley ; Higgins, lui, commençait à entrevoir la cause de ces trois meurtres. Cependant, sa vision demeurait floue, et bien des vérifications seraient encore indispensables.

— 34 —

L’immeuble où logeait Louis Stone abritait aussi le siège de son ONG. Au rez-de-chaussée et au premier étage, l’administration ; au second, l’appartement du patron.

Le déferlement de Scotland Yard – une dizaine d’inspecteurs et une équipe de la police scientifique – tétanisa les employés.

Seule une secrétaire osa s’interposer. Les cheveux teints en rouge, portant un tee-shirt orné du portrait de Che Guevara, les bras tatoués avec des inscriptions proclamant « le peuple vaincra » et « mort aux riches », elle avait le nez percé d’un anneau au tremblotement indigné.

— On ne passe pas !

— Perquisition légale dans le cadre d’une enquête criminelle, lui opposa Scott Marlow en lui présentant la paperasse justificative.

— Criminelle… On ne tue personne, nous, on sauve les déshérités !

— Félicitations, mais ce n’est pas le cas de tout le monde.

— Qui osez-vous accuser ?

— Pas vous, mademoiselle.

— Encore une bavure policière ! Dès qu'on s'oppose au système, on est persécuté ! C'est pire qu'au Moyen Âge !

Alerté par un de ses salariés, Louis Stone déboula.

— Qu'est-ce qui se passe, ici ? Pourquoi ce déploiement de forces ?

— Vous en êtes la cause, révéla l'ex-inspecteur-chef.

— Moi ? C'est insensé !

— Pendant que des spécialistes examinent vos locaux, pourrions-nous analyser votre situation dans un endroit tranquille ?

— Chez moi... Si vous vous rendez coupables de brutalité, je porterai plainte !

— Rassurez-vous, nous agirons selon les règles de l'art.

Les trois hommes montèrent au second. L'appartement de Louis Stone était un hymne à l'Afrique. Portraits des dirigeants, photos de paysages et de populations affamées, mobilier en bambou et en ébène.

— Rien ne justifie cette invasion ! s'enflamma le septuagénaire aux gros sourcils.

— Détrompez-vous, lui conseilla Higgins ; auriez-vous l'obligeance de nous confirmer où vous vous trouviez, dimanche dernier, entre 22 h et 23 h ?

— Vous êtes débile, ou quoi ? J'animais un débat sur l'écologie au *Café français* de Chelsea, je vous l'ai déjà dit !

— Inexact, monsieur Stone ; c'était le samedi soir, pas le dimanche.

— Inexact, vous…

— C'est vous qui mentez, et nous aimerions connaître la vérité.

— Je me suis trompé d'un jour, ce n'est pas si grave !

— En l'occurrence, si.

Tendu, Louis Stone s'assit sur un tambour provenant du Niger.

— Dimanche soir, je ne me souviens pas. J'ai dû dormir.

— Avec votre compagnon, Jean-Paul ?

— C'est ça !

— Malheureusement pour vous, ce n'est pas sa version.

— Et quelle est-elle ?

— Qu'il a commis une agression, sur votre ordre.

Louis Stone se redressa d'un bond.

— Quoi ? Vous déraillez !

— Jean-Paul et sa bande ont passé à tabac un océanographe, mort de ses blessures.

— Impossible ! Jean-Paul s'est converti au christianisme, a abandonné son nom chinois, et se consacre, à mes côtés, à l'amélioration du sort des pauvres. Vous inventez n'importe quoi pour couler mon ONG !

— Nous avons les dépositions de Jean-Paul et de son équipe, précisa Scott Marlow. Il vous accuse formellement d'être le commanditaire de cette exécution.

— Mon pauvre Jean-Paul, il a perdu la tête à la suite de vos séances de torture ! Combien d'innocents, malmenés et épuisés, ont avoué des crimes qu'ils n'avaient pas perpétrés ? Un bon avocat le tirera de ce mauvais pas.

— Et votre emploi du temps réel de dimanche soir ? insista Higgins.

— Je vous le répète : j'ai dû dormir. Mon sacerdoce est épuisant, je me couche tôt.

— Contrairement à ce que vous avez affirmé dans votre première déclaration, nous sommes certains que vous fréquentiez Auguste-Alexandre-Maxime M'Bélé M'Bélé. Quelle était la nature de vos relations ?

Louis Stone se rassit.

— Je n'ai rien à ajouter.

— Pourquoi vous enfermer dans le mensonge ?

— Je suis un homme exemplaire, un bienfaiteur de l'humanité, un adepte de la nature que je veux mettre au service des pauvres ; les multinationales, bras armés du capitalisme mondialisé, veulent m'abattre ! Mais j'ai ma conscience pour moi, et je résisterai ! Les médias plaideront en ma faveur, je dénoncerai les persécutions policières !

— Elles ne font que débuter, promit Marlow : faux alibi, assassinat par bande interposée, et sans doute deux crimes dans l'immeuble Key's 3000, perpétrés sur votre ordre par votre amant et complice. Vous pensiez rester à l'abri dans l'ombre, Stone, c'est raté.

— Je nie tout en bloc !

— Une stratégie stupide.

— Vous ne m'aurez jamais !

Un inspecteur frappa à la porte de l'appartement. Marlow lui ouvrit.

— On n'est pas déçus, superintendant. D'abord, dans plusieurs armoires, des stocks de médicaments et de vaccins périmés destinés à divers pays d'Afrique ; ensuite, des centaines de cartes de crédit. Bizarre, dans les locaux d'une ONG engagée au profit des déshérités.

— 35 —

La secrétaire aux cheveux rouges fut la première à craquer. Oui, elle et les cadres de l'ONG étaient au courant du commerce de médicaments périmés, organisé avec le concours de hauts fonctionnaires européens. Oui, son patron, Louis Stone, touchait des sommes importantes des potentats africains qui revendaient les produits à bon prix et vantaient leurs efforts en faveur du peuple. Oui, beaucoup de responsables fermaient les yeux en échange de pots-de-vin.

Et le trafic des cartes de crédit, lié à des complicités bancaires, n'était pas moins juteux et parfaitement opaque, participant d'une économie parallèle et souterraine à laquelle les défenseurs de la vertu fiscale évitaient de s'attaquer.

Grâce à un décodage informatique, l'origine de ces cartes fut promptement établie : la firme Fitzer, installée dans l'East End. Et cette firme, sans surprise, appartenait à un certain Bernie Fitzer.

*

— M. Fitzer se repose dans sa chambre. Il désire ne pas être dérangé, indiqua l'homme aux clés d'or.

— Il fera une exception pour Scotland Yard, décida Marlow.

Et, en effet, le panneau « Do not disturb » n'empêcha pas le superintendant d'utiliser la sonnette. En l'absence de réaction il insista ; et la porte s'ouvrit enfin.

— Bon sang, j'avais demandé… Ah, c'est encore vous !

Dépeigné, en peignoir violet, les traits creusés, Bernie Fitzer exhalait un parfum nettement alcoolisé.

— Vous venez enfin me libérer ?

— Pas exactement, répondit Higgins.

— Qu'est-ce qu'il y a encore ? Ah, l'administration… On n'en a jamais terminé !

— Pouvons-nous entrer ?

D'un geste las, Fitzer accorda le passage, puis s'installa dans le canapé du salon. Sur la table basse, plusieurs petites bouteilles de gin, de vodka, de cognac et de whisky.

— Quand je suis immobilisé trop longtemps, expliqua-t-il, je m'ennuie ; et quand je m'ennuie, je bois. Alors, vous me voulez quoi ?

Marlow lui montra plusieurs cartes de crédit.

— C'est bien votre production ?

L'industriel se concentra, repoussant une mèche de cheveux rebelle.

— Ça y ressemble.

— Elles proviennent de votre usine Fitzer.

— Si vous le dites…

— Une perquisition est en cours.

— Quoi ! Mais je vous interdis et…

— Du calme, Fitzer. Nous avons arrêté votre complice, Louis Stone, et mis au jour vos trafics.

Le ciel tomba sur la tête de l'Américano-Marocain, qui but au goulot un flacon de Cointreau.

— Ça devait arriver… Je refusais d'y penser, mais ça devait arriver.

— Les médicaments périmés, c'est votre idée ?

— Non, celle de Stone ; moi, je lui fournissais les circuits financiers locaux, reliés aux cartes de crédit un peu spéciales que j'émettais pour un maximum d'acheteurs. D'une certaine manière, on faisait marcher le commerce et on aidait les Africains à se développer. Et puis les dates de péremption ne sont pas impératives… Beaucoup de substances demeurent plus ou moins actives longtemps après.

— Vous vous expliquerez devant les juges.

— Même pas ! On noiera le poisson, comme dans d'autres affaires du même calibre.

— En revanche, intervint Higgins, on ne le noiera pas dans le cadre d'une affaire criminelle. Et votre mensonge pourrait vous conduire derrière les barreaux.

— Mensonge… Quel mensonge ?

— Votre faux alibi pour l'heure des deux crimes.

— Vous m'interdisez de faire de la gymnastique ?

— Dimanche soir, la salle était fermée.

Bernie Fitzer se mordit les lèvres au sang.

— La grosse déveine !

— Où étiez-vous ?

— Vous aimeriez une réponse précise, j'imagine…

— Et j'aimerais aussi connaître la raison pour laquelle M'Bélé M'Bélé et Hing Peng ont convoqué un cénacle à Key's 3000.

— Mais je n'en sais rien ! Je vous le répète, je n'ai servi que d'intermédiaire.

— C'est assez peu crédible.

— Peut-être, mais c'est la vérité ! Et j'ai été bien payé pour remplir ma mission.

— Revenons-en à votre emploi du temps de dimanche soir, insista Higgins.

Fitzer parut accablé.

— Bof… Au point où nous en sommes, je n'ai plus intérêt à me taire. Cette combine-là a foiré, j'en inventerai une autre. Dimanche soir, entre 20 h et minuit, j'étais au siège de l'ONG de mon copain Louis Stone. On a dressé l'inventaire des médicaments et organisé la livraison en Afrique par des voies officielles.

Bernie Fitzer se leva lentement, se dirigea vers une commode et, d'un tiroir, extirpa un cahier marron.

— Tout est noté là, de mon écriture et de celle de Louis Stone. Pour ce genre d'opération, on évite l'informatique, qui laisse trop de traces.

— Vous devriez vous habiller, recommanda Higgins ; une confrontation s'impose.

— 36 —

Face à face dans le bureau du superintendant, Louis Stone et Bernie Fitzer eurent un comportement bien différent. Le premier ressemblait à un pit-bull prêt à mordre, le second, avec ses vêtements fripés et son allure d'adolescent attardé, baissait les yeux.

— On est cuits, Louis, mais ce n'est pas si grave.

— Cuits de quoi ?

— Ils savent. J'ai tout dit.

— Tout dit, tout dit… Qu'est-ce que tu racontes ?

— J'ai déjà eu des petits ennuis de ce genre, on s'en tirera avec une amende.

Furibond, Louis Stone jeta un regard courroucé à Marlow, assis dans son fauteuil, puis à Higgins.

— Je ne comprends goutte aux insinuations de ce personnage ! Quoi qu'il vous ait raconté, ça ne me concerne pas !

— Arrête de rigoler, préconisa Bernie Fitzer. Je te le répète : ce n'est pas si grave. Des tas de types comme nous se font pincer, ça ne les empêche pas de mener une brillante carrière, et même de devenir présidents. Tu verras, on sera super bien défendus, et les gens oublieront vite cette anecdote.

— Moi, je travaille pour les pauvres, et je ne reconnais aucune faute !

— Calmez-vous, ordonna Scott Marlow, et asseyez-vous l'un et l'autre.

Ils obtempérèrent, mais Louis Stone recula sa chaise, comme si Bernie Fitzer était un pestiféré.

— Rappelons un fait majeur, intervint Higgins : vous êtes tous les deux des menteurs. Pour la soirée de l'assassinat de M'Bélé M'Bélé et Hing Peng, vous nous avez fourni un faux alibi.

— Maintenant, protesta Fitzer, vous voyez pourquoi ! Moi, j'ai craché le morceau, et tu devrais m'imiter, Louis !

— Et c'est quoi, ce morceau ?

— Dimanche soir, on était ensemble, à ton ONG, et on s'occupait de nos petites affaires. Ce n'est quand même pas un crime !

Louis Stone se détendit.

— Bon, j'admets, avec une nuance : je n'ai commis aucun acte illégal ou pouvant nuire aux personnes défavorisées.

— Le trafic de médicaments périmés entre-t-il dans le champ de la bienfaisance ? interrogea Higgins.

— D'abord, j'ignorais les dates de péremption, ensuite il ne s'agissait pas d'un trafic, mais d'une campagne caritative.

— Et les cartes de crédit falsifiées ?

— Elles visaient au développement des pays d'Afrique les plus en difficulté et permettaient de contourner la voracité du capitalisme imposé par les grandes banques.

— T'es fortiche, Louis ! s'exclama Bernie Fitzer, réjoui ; c'est exactement ça ! Nous deux, on est de grands philanthropes ! S'il y avait plus d'ONG comme celle de Louis Stone, la misère disparaîtrait.

Malgré une longue expérience, Marlow avait rarement croisé des fripouilles de cet acabit. En outre, Fitzer avait malheureusement raison : les charges retenues contre eux ne pèseraient pas lourd et, avec les réseaux dont ils disposaient, ils se remettraient rapidement en piste.

— Vous l'avez, votre alibi ! s'enflamma Bernie Fitzer, soudain très sûr de lui. Dimanche soir, à l'heure des crimes, on bossait ensemble, Louis et moi ! M'Bélé M'Bélé et Hing Peng, c'est pas nous qui les avons dessoudés.

— À condition que vous ne jouiez pas la comédie en vous fournissant réciproquement ce nouvel alibi, si pratique.

Fitzer mit la main sur son cœur.

— Vous avez ma parole !

— Et la mienne, ajouta Louis Stone.

Marlow contint l'envie d'empoigner ces deux ordures par le col et de leur fracasser la tête l'une contre l'autre.

— À supposer que vous n'ayez pas menti sur ce point, reprit Higgins, reste le témoignage accablant de Jean-Paul, l'exécuteur de Louis Stone, commanditaire de trois assassinats prémédités.

— C'est quoi, cette folie ? s'inquiéta Bernie Fitzer ; je ne suis pas mêlé à cette histoire ! Louis et moi, on est des copains de boulot, mais ça ne va pas plus loin.

— Avez-vous rencontré un Chinois prénommé Jean-Paul ?

— D'abord, les Chinois ne s'appellent pas comme ça ; ensuite, celui-là ne figure pas dans mes relations. Qu'est-ce que t'as fricoté, Louis ? En tout cas, moi, je suis blanc comme neige !

— Moi aussi.

— Alors, avança Fitzer, vous nous relâchez ?

— Je vous confie aux spécialistes des fraudes et des malversations, décida Marlow. Votre confession les intéressera grandement. Quant à Louis Stone, je le considère comme l'organisateur de trois crimes.

— Je suis innocent ! clama l'accusé, fronçant ses épais sourcils. Et si ce saligaud de Jean-Paul ose me charger, je...

Les poings serrés, les naseaux fumants, Louis Stone s'interrompit.

— Vous le tuerez de vos propres mains ? Vous feriez mieux d'avouer, on gagnerait du temps.

— Je suis innocent !

— Pourquoi avez-vous commandité ces trois assassinats ? demanda Higgins.

— Je suis innocent.

Le superintendant appela des policiers en uniforme, qui emmenèrent Louis Stone et Bernie Fitzer. Ils seraient soumis à de longs et pointilleux interrogatoires, qui permettraient de préciser quantité de détails.

Marlow tapota de l'index sur son bureau.

— Eh bien voilà, Higgins, cette affaire est close ! Un cerveau criminel, Louis Stone. Un bras armé, son compagnon Jean-Paul, dont la cagoule a été retrouvée dans l'immeuble Key's 3000.

— Une erreur grossière, non ?

— Plus que grossière.

— Et nous ne connaissons toujours pas le mobile des crimes.

— Sans doute une rivalité commerciale poussée à l'extrême, à moins qu'il ne s'agisse de motifs purement crapuleux. De la part de ces deux zigotos, rien ne m'étonnerait. Néanmoins…

— Néanmoins ?

— J'ai l'impression désagréable qu'on cherche à nous enfumer. J'ai une version des faits à offrir au grand patron, et elle paraît crédible. Mais je ne suis pas certain que ce soit la bonne.

— Moi non plus, approuva Higgins.

— Et ce ne sont pas les deux seuls à nous avoir baladé avec un faux alibi ! On va s'occuper des autres.

— C'est indispensable, superintendant. Auparavant, j'ai besoin de confirmer une vague intuition. Ce ne sera pas long.

— 37 —

Au cœur de la City, la vieille dame de Threadneedle Street, autrement dit la Banque d'Angleterre, trônait depuis 1694. Ses colonnes s'inspiraient de celles du temple de la Sibylle à Tivoli et son portique avait eu pour modèle l'arc de triomphe de Constantin. Le bureau de Watson B. Petticott, l'un des piliers de la finance britannique, rappelait la splendeur de l'empire de Victoria avec son mobilier imposant en bois des îles, sa grande lampe en bronze représentant un lion en marche qui soutenait le globe, ses tapis d'Afghanistan et ses tableaux aux cadres dorés consacrés aux rois et aux reines.

Titulaire d'un grand nombre de décorations, expert jouant un rôle-clé sur les scènes nationale et internationale, conseiller occulte du Premier ministre, Watson B. Petticott disposait d'un autre privilège, particulièrement rare : il était membre permanent du club archéologique de Higgins, réunissant un cercle très restreint d'amis fidèles, à la vie à la mort. Ces derniers étudiaient surtout les grands crus classés et les recettes traditionnelles lors de banquets les autorisant à échanger en toute confidentialité des pensées politiquement incorrectes, non conformes à l'air du temps.

Lorsque sa secrétaire lui annonça la visite de Higgins, le banquier interrompit aussitôt ses activités. Ayant rêvé de mener des enquêtes criminelles, il était toujours prêt à aider l'ex-inspecteur-chef, à condition de découvrir le dessous des cartes à la fin de l'affaire.

— Je peux t'importuner un moment, Watson ?

— Un crime ?

— Trois.

— On démarre fort ! Et tu as une liste de suspects ?

Higgins la montra à son ami.

— Psst… Une belle brochette de requins !

— Tu les connais ?

— Oh oui ! Au niveau où ils évoluent, ils sont incontournables. Qu'aimerais-tu savoir ?

— D'abord, ton avis sur chacun m'éclairera ; ensuite, sais-tu si certains sont alliés dans des domaines particuliers ?

— Installons-nous confortablement. Mon meilleur porto te convient-il ?

Le vintage du banquier était un nectar, et ses fauteuils de cuir offraient un confort propice à la réflexion.

— Avant de nous occuper de cette meute, peux-tu me donner le nom des victimes ?

— Hing Peng et Auguste-Alexandre-Maxime M'Bélé M'Bélé.

— Rien que ça !

— Tu les connaissais, eux aussi ?

— J'ai rencontré Hing Peng ici même. Lors de ses rares déplacements en Occident, il n'arrivait pas les mains vides. De vastes projets d'investissement, très vastes, et occultes au possible, de manière à n'apparaître qu'une fois l'affaire conclue.

— Aurais-tu une idée du projet sur lequel il travaillait ?

— Un écho plausible. La Chine s'engage à fond dans le nucléaire, chez elle comme à l'étranger. Elle veut aussi développer ses infrastructures.

— En somme, encore beaucoup de bâtiments à construire.

— Exactement.

— Et M'Bélé M'Bélé ?

— Un petit truand devenu grand. Depuis qu'il tirait des ficelles grâce à son nouveau poste à l'ONU, il s'agitait beaucoup.

— Pourrais-tu être plus précis ?

— Je me renseigne. Et je demande également si, dans ta jolie liste, il y a des alliances intéressantes.

De son poste fixe, à l'abri des oreilles indiscrètes, Watson B. Petticott joignit des collaborateurs adéquats.

— Ce ne sera pas long, assura-t-il ; vu le calibre de ces magouilleurs-là, nous avons des dossiers complets et à jour. Alors, mon porto ?

— Égal à lui-même : superbe.

Le banquier se concentra sur les noms des suspects.

— Tu as trois géants de l'immobilier : Indira Tandi, dont la chasse gardée est l'Inde, mais qui s'étend en Asie ; Hilary Gooman, reine des Amériques et chérie de Wall Street ; Bill Carson, qui grenouille un peu partout et est en réalité le cheikh Amani, originaire de Dubai. L'empereur des dessous-de-table, capable de manipuler n'importe quel politicard. Hilary Gooman est la plus dure des femmes d'affaires, même s'il ne lui reste plus grand-chose de féminin ; pas très maligne, mais féroce, corrompue et dotée de la puissance américaine. Quant à la jeune Indira, elle promet ! Qui se fie à son sourire charmeur est déjà vaincu. Derrière la jolie façade se cache une tigresse impitoyable, aux relations déterminantes. Bernie Fitzer, lui, ne se contente pas de faire fortune avec ses microprocesseurs et ses cartes de crédit, dont beaucoup sont écoulées de façon suspecte dans des pays peu regardants ; c'est aussi le prince des entremetteurs et le Monsieur « Bons-Offices » pour les coups pourris de grande dimension. Rusé, insaisissable et gourmand, mais efficace. Angela Macrizzi, quant à elle, a réussi la difficile synthèse de la peste et du choléra. Ses filiales sont autant de tentacules qui répandent sur la planète ses produits frelatés et dangereux, lessives, cosmétiques et additifs alimentaires, bien entendu avec l'agrément des autorités de contrôle, dont les membres influents appartiennent à ses conseils d'administration et perçoivent des dividendes appréciables. Avec Kant Spinabody, autre profil : un intellectuel intelligent – ce qui ne court pas les rues – et un homme d'action redoutable, très attaché à l'Afrique. Nigérian, chef de tribu, d'une rare élégance, il s'est imposé comme spécialiste des matières premières, un monde où il y a beaucoup d'accidents mortels. S'élever contre lui est une démarche hautement risquée, car ses équipes ne donnent pas dans l'humanitaire, à la différence de Louis Stone. Depuis qu'il a perçu ce filon inépuisable, cette fripouille l'exploite au maximum, sous couvert de son ONG, « La nature pour les pauvres », récemment vantée par M'Bélé M'Bélé pour son remarquable dévouement à la cause de l'humanité. Avec cette protection-là, Louis Stone avait de beaux jours devant lui. Au fait, n'as-tu pas parlé de *trois* crimes ?

— La troisième victime est un océanographe, expert dans l'étude des côtes.

— Étrange… Tu le relies aux deux autres ?

Le téléphone sonna. Un bref rapport. Petticott raccrocha.

— Une seule connexion entre deux de tes suspects, mais de taille ! Hilary Gooman et Bill Carson viennent de monter ensemble une société qui construira des autoroutes et des routes dans toute l'Asie, notamment en Chine, où leur partenaire n'était autre que… Hing Peng. Grâce à lui, ils avaient obtenu le concours de l'administration.

Les notes de Higgins s'enrichissaient.

— Deux questions fondamentales restent sans réponse, Watson, et je te prie d'y réfléchir : pourquoi Hing Peng et M'Bélé M'Bélé avaient-ils soigneusement choisi ces affairistes-là, et quel lien unissait ces neuf personnes ?

— Aucune hypothèse sérieuse, de ton côté ?

— Une intuition encore trop infime pour se transformer en certitude.

— Je planche là-dessus et je t'appelle si je trouve la clé de l'énigme.

Watson B. Petticott était aux anges : lui, associé à une enquête criminelle !

— 38 —

L'immeuble high-tech de Notting Hill où habitait Bill Carson était toujours aussi rébarbatif. Chargé de garder la vieille Bentley, le vigile tapota sur son portable pour signaler l'arrivée de Scotland Yard. De nouveau le hall aux vitres fumées, un « bzzz », le pan qui coulisse, la cage bondée de caméras, la voix informatique exigeant une identification, l'ascenseur ZA, la touche 124, la montée rapide, l'arrêt brutal, le bouton « Stop » pour ouvrir, le palier avec capteurs et écran, le rond vert affichant « Sortie » afin d'entrer, la porte blindée qui s'efface, l'antichambre aux carreaux de céramique surmontée d'une coupole, la fontaine dispensant son chant apaisant.

— Vous revoilà, messieurs ! s'exclama le rondouillard Bill Carson, souriant et détendu. Enfin, la bonne nouvelle ! Mes bagages sont prêts.

— Prévoyez un léger retard, prévint Higgins.

— Une difficulté administrative ?

— Pas seulement.

— Aucun problème n'est insurmontable. Expliquez-moi cela autour d'un verre. Je viens de recevoir un armagnac incroyable, déclara Bill Carson ; moi qui croyais presque tout connaître en matière d'alcools, j'en suis resté sur le cul, si vous me passez l'expression. J'ai hâte de recueillir votre jugement.

Carson versa un liquide aux nuances dorées dans trois verres ballons.

— Goûtez, messieurs.

Le test s'accompagna d'une minute de silence.

— Il tient au corps, admit Marlow.

— Un bouquet d'une rare qualité, jugea Higgins.

— Quel plaisir d'enchanter des connaisseurs ! Asseyons-nous.

Bill Carson choisit un coussin, Marlow un pouf ; Higgins, comme toujours, arpenta le lieu.

— Quel est votre souci ?

— Votre alibi, répondit l'ex-inspecteur-chef.

— Je ne comprends pas…

— À l'heure des meurtres, dimanche soir, vous n'étiez pas au *Lapin bleu*.

— Mais si, j'ai bu, je me suis amusé et…

— Non, monsieur Carson. Le patron n'a pas remarqué votre présence.

— Il s'est trompé !

— Vous ne figurez pas sur les films enregistrés par les caméras de surveillance.

— Une technologie peu fiable !

— En l'occurrence, affirma Marlow, c'est une preuve. Vous nous avez menti. Où étiez-vous, ce dimanche soir ?

Bill Carson fit tourner entre ses doigts son ballon d'armagnac.

— Bon, je vous ai fourni une sorte de fausse excuse... Mais c'est sans importance.

— Pas de notre point de vue.

— Écoutez, superintendant, vous n'êtes pas né de la dernière pluie, surtout en Angleterre ! Dans les affaires, la discrétion est impérative. Les bavards ne font pas long feu. À mon niveau, les sommes engagées sont tellement colossales qu'il faut savoir se taire.

— Hing Peng et M'Bélé M'Bélé ont été assassinés, rappela Higgins ; et qui d'autre que le coupable tenterait de se dissimuler derrière un rideau de fumée ?

— Vous... vous ne pensez pas à moi ?

— Je crains que si.

— C'est insensé, inspecteur ! Hing Peng et M'Bélé M'Bélé n'étaient pas mes ennemis !

— Tout dépendait de leur proposition.

— Ils n'ont pas eu le loisir de l'énoncer.

— Ce dimanche soir, où vous trouviez-vous ?

— Si je vous affirme que mon emploi du temps n'a aucun rapport avec les crimes, me croirez-vous ?

— Non, trancha Marlow.

— C'est l'impasse, déplora Bill Carson.

— Non, un indice majeur pour établir votre culpabilité. Je vous arrête et je vous emmène à Scotland Yard.

— Vous aviez rendez-vous avec Hilary Gooman, déclara Higgins.

L'industriel lâcha son verre, ses lèvres s'entrouvrirent, une ride creusa son front.

— Comment… comment le savez-vous ?

— Est-ce la vérité, monsieur Carson ?

Le cheikh alluma un énorme cigare cubain.

— Possible. J'avais promis de garder cet entretien secret, pour des raisons purement professionnelles.

— La situation ayant évolué, votre discrétion n'est plus de mise.

— Ma réputation est en jeu !

— Ce qui est en jeu, ce sont deux meurtres. Quel était l'objet de votre entretien avec Hilary Gooman ?

— Vous m'en demandez trop !

— Le strict nécessaire, à mon avis.

— Désolé, j'ai perdu la mémoire.

— Il existe un moyen de vous la faire retrouver.

Inquiet, Carson fixa Higgins.

— Vous allez m'injecter je ne sais quelle substance chimique ou me torturer avec une machine ?

— Pas dans l'immédiat. Je préfère vous conduire chez Hilary Gooman et avoir une discussion constructive.

— Elle m'arrachera les yeux !

— Nous vous protégerons, assura Scott Marlow.

— 39 —

Le butler de Hilary Gooman prit un air pincé.

— De nouveau Scotland Yard…

— Je ne vous dis pas qui vous devez annoncer, répondit Higgins, affable.

— La troisième personne appartient-elle à vos services ?

— Non, mais vous connaissez déjà M. Carson, puisqu'il était ici dimanche soir. Et vous feriez bien de vous en souvenir. Les trous de mémoire ont parfois de fâcheuses conséquences.

En apnée, le butler conduisit le trio au petit salon, toujours aussi encombré de potiches, de vases et de vaisselle ancienne.

Hilary Gooman ne tarda pas à débouler. Permanente impeccable avec excès de laque, tailleur rose bonbon aux boutons de nacre, et mine furieuse.

— C'est la fin de cette histoire rocambolesque, j'espère ! Tiens, Carson… Vous collaborez avec Scotland Yard ?

— Nous avons quelques détails à éclaircir, indiqua Higgins.

— Le seul qui m'intéresse, c'est la date de mon départ ! Et ce sera demain, avec le premier avion qui s'envole pour New York.

— Je crains que non.

— Pourquoi ?

— Parce que vous avez menti.

— Comment osez-vous ?

— Sur la foi d'un rapport technique inattaquable, précisa Higgins ; ce dernier dimanche soir, entre 22 h et 23 h, vous ne surfiez pas sur le Net.

La fureur de Hilary Gooman disparut.

— Inattaquable, prétendez-vous.

— Un fait acquis, madame.

— Et alors ?

— Alors, vous n'avez pas d'alibi pour l'heure des crimes.

— Mais si, protesta mollement Bill Carson, elle en a un.

La métisse le foudroya du regard.

— Qu'est-ce que tu racontes, toi ?

— Hilary, au fond, on n'a rien fait de mal ! Inventer un alibi bidon, c'était ton idée, mais j'étais sûr que ça nous retomberait sur le nez. Mieux vaut tout déballer et prouver à Scotland Yard que nous sommes innocents.

— Le secret professionnel…

— On peut évoquer l'essentiel, sans entrer dans les détails.

Hilary Gooman se frotta les commissures des lèvres.

— On peut. Bill et moi, nous traitions une affaire.

— Ici ? interrogea Higgins.

— Dans mon bureau.

— Un témoin ?

— Mon butler. Il nous a apporté des canapés de saumon et un verre de vin.

Bill Carson arbora un large sourire. Charmante, Hilary dissipait tout soupçon.

— De quelle affaire s'agissait-il ? demanda l'ex-inspecteur-chef.

— Ça ne vous regarde pas.

— Au contraire, cette information me paraît essentielle.

— Pas question de vous la donner.

— Écoute, supplia Bill Carson, ne nous embêtons pas ! Après tout, la police n'est pas un concurrent commercial !

— J'ai dit : pas question.

— Direction Scotland Yard, décréta Marlow ; on approfondira le sujet.

— Ah non, s'emporta Bill Carson, c'est trop bête ! Hilary et moi, on travaille ensemble sur des projets d'autoroutes et de routes en Asie.

— Espèce de donneur ! fulmina la petite femme en rose qui se jeta sur le cheikh et tenta de l'étrangler.

Marlow vola à son secours et fut contraint d'écarter franchement la harpie.

— Vous vous calmez, exigea-t-il, ou je vous passe les menottes !

La menace apaisa Hilary Gooman qui se réfugia dans un angle du petit salon, telle une mauvaise élève envoyée au coin.

— Votre entente n'a rien d'illégal, admit Higgins. Elle est simplement déconcertante vu l'opinion peu flatteuse que Mme Gooman a de vous, monsieur Carson.

— Ah bon ? Et qu'est-ce que tu as vomi sur moi, ma tendre Hilary ?

La familiarité et l'agressivité de Bill Carson surprirent la métisse.

— Tu ne m'as jamais parlé sur ce ton !

— Il y a un commencement à tout. Alors, tu me méprises, moi qui t'ai tant aidée !

— N'exagère pas. Je n'ai pas eu besoin de toi pour réussir.

— En revanche, précisa Higgins, vous avez eu besoin, l'un et l'autre, de Hing Peng pour sceller une collaboration fructueuse.

Hilary Gooman et Bill Carson se tournèrent vers l'ex-inspecteur-chef.

— Qui... qui vous a renseignés ? s'étonna le cheikh.

— Une enquête rigoureuse.

La financière en tailleur rose adopta un air à la fois triomphant et supérieur.

— Tirez-en deux conclusions, suggéra-t-elle. La première : à l'heure des deux crimes, Carson et moi étions ici, et non à l'immeuble Key's 3000 ; par conséquent, ni lui ni moi ne sommes coupables. La seconde : Hing Peng était notre partenaire privilégié et indispensable. Pour nous, sa mort est une catastrophe. En nous soupçonnant, vous faites fausse route. Cherchez ailleurs.

— Hilary a mille fois raison, souligna Bill Carson.

— Vous avez quand même menti, rappela Scott Marlow.

— Des broutilles, une simple maladresse ! Le plus médiocre des juges écartera une accusation aussi faible. Bonne soirée, messieurs.

La tête haute, Hilary Gooman se retira.

— Dites à votre associée de ne pas quitter Londres, conseilla le superintendant à Carson. Même consigne pour vous.

— 40 —

La température ayant brusquement chuté et un vent glacial balayant les rues de Londres, Higgins choisit un pub qui servait du vin chaud, accompagné d'une tapenade et de saucisson sec. Cette entrée permit aux deux policiers de recouvrer un peu d'énergie, au terme d'une journée éprouvante.

— Cette vipère et ce limaçon se moquent de nous, estima Marlow. D'abord, ils nous présentent un faux alibi ; ensuite, ils se disculpent l'un l'autre !

— Vous négligez le butler.

— Ils l'ont acheté !

— Ce n'est pas imparable.

— C'est certain.

— N'oublions pas Kant Spinabody et son ex-maîtresse, Indira Tandi, qui n'ont aucun alibi pour l'heure des crimes, ainsi que Angela Macrizzi, qui nous a menti, elle aussi.

Les deux hommes s'accordèrent sur un espadon grillé, sauce à la moutarde et au citron, assorti de riz basmati, de courgettes, de poireaux et de tomates farcies. Cuisson à l'huile d'olive, une note de miel et de vrai poivre. Une bière ale digestive, l'Old Peculier, compléta parfaitement ce dîner succulent et léger.

— On est en train de nous jouer une comédie digne de Shakespeare, déplora Marlow ; cette bande d'affairistes fabrique de l'innocence comme un produit industriel ! Grâce à leurs mensonges, nous pouvons les retenir encore quelque temps, mais impossible de formuler une accusation formelle.

Le superintendant espérait que Higgins le contredirait, mais l'ex-inspecteur-chef, songeur, se contenta de boire une gorgée de bière.

Mauvais signe.

Très mauvais signe.

*

Avant de regagner son hôtel, Higgins marcha le long de la Tamise. Le mauvais vent avait disparu, la fraîcheur de la nuit favorisait l'intuition. Encore fallait-il une base solide pour qu'elle s'exerce au mieux.

Et cette base existait : les activités des suspects.

Immobilier, routes, finance, matières premières, microprocesseurs, cartes de crédit, lessives, cosmétiques, additifs alimentaires, fausse écologie… Qu'y avait-il de commun dans ce bric-à-brac ?

S'il perçait ce mystère, Higgins connaîtrait le mobile des deux, voire des trois assassinats.

Peut-être une vieille méthode lui offrirait-elle la clé : relire ses notes, puis confier la question au sommeil, en croisant les doigts pour que le voyage nocturne de la conscience lui fournisse la réponse.

★

C'est en se rasant le lendemain matin que l'ex-inspecteur-chef eut l'illumination. Une opération délicate, accomplie avec une mousse dépourvue de tout ingrédient nocif et un coupe-chou si dangereux qu'il fallait le manier avec dextérité et prudence. Une opération payante néanmoins, car aucun rasoir électrique ne produisait un résultat comparable.

À force de complexité technologique, ne perdait-on pas de vue l'essentiel ? C'était en tout cas précisément un aspect majeur de cet essentiel, naguère méprisé, qui était la cause de la mort brutale de Hing Peng, de M'Bélé M'Bélé, et d'un océanographe.

Le soleil se levait, la journée serait douce. Mais les ténèbres n'étaient pas encore complètement dissipées.

★

Guillerette et le carburateur alerte, la vieille Bentley fut enchantée de retourner à Chiswick Mall et de stationner au bord du fleuve, en écoutant les papotages des oiseaux.

Le sikh barbu qui accueillit Marlow et Higgins n'avait, lui, rien de bucolique.

— Madame dort.

— Auriez-vous l'obligeance de la réveiller ? réclama l'ex-inspecteur-chef.

— Est-ce nécessaire ?

— Tout à fait.

— Et si je refuse ?

— Nous vous emmenons au Yard, promit Marlow ; et votre patronne vous accompagnera.

Le superintendant et le sikh se défièrent du regard. Ce dernier ne mésestima pas l'adversaire et préféra plier.

— Madame doit se préparer.

Higgins ne jeta pas d'huile sur le feu et accepta cette condition. Le vaste salon d'où l'on contemplait la Tamise n'était pas le plus désagréable des endroits pour patienter. Les tableaux représentant le Londres des siècles passés étaient d'une belle qualité, évoquant des époques où la ville ne dévorait pas ses habitants. Solide et austère, le mobilier créait une atmosphère de château qui, malgré son goût pour la police scientifique, ne déplaisait pas à Scott Marlow. Par moments, le superintendant se demandait si la croyance absolue et incontestable dans le progrès n'était pas la pire des illusions.

Une demi-heure s'écoula.

Apparut une merveilleuse Indira Tandi, les cheveux dénoués, maquillée à la perfection, de manière à mettre en valeur la pureté de ses traits, et vêtue d'une robe de chambre d'un rouge profond, ornée de grenats.

Comme lors de leur première rencontre, le superintendant fut subjugué. Higgins, lui, ressentit que la saisissante beauté de l'Indienne s'accompagnait d'une douleur qu'aucun artifice ne parviendrait à masquer.

— Bonne ou mauvaise nouvelle, messieurs ?

— Des zones d'ombre à éclaircir, répondit l'ex-inspecteur-chef.

Le sikh apporta du café, des toasts et de la marmelade.

— J'ai très mal dormi, avoua Indira Tandi, et je crains que cette journée ne soit détestable.

— 41 —

Indira Tandi s'assit avec une grâce inimitable, servit le café à l'arôme remarquable, et grignota un toast couvert d'une délicieuse marmelade. Gestes lents, regard perdu. La belle Indienne semblait absente, comme si sa pensée voguait loin de la capitale britannique.

Marlow, qui n'avait pas eu le temps de s'offrir un breakfast correct en raison d'un torrent d'obligations administratives, se régala ; heureux d'échapper à l'épreuve du thé, Higgins, quant à lui, attendit que la jeune femme prenne vraiment conscience de leur présence.

— Venez-vous enfin me libérer, messieurs ?

— Nous avançons, dit l'ex-inspecteur-chef, mais notre enquête n'est pas terminée.

— Ah… Et ce sera encore long ?

— Nous avons constaté que les alibis fournis par certains suspects étaient mensongers, ce qui entraîne de nouvelles investigations.

— Et le mien, d'après vous, en ferait partie.

En une phrase, la tigresse était réapparue.

— Il en existe de plus solides, admettez-le.

— Vous devrez pourtant vous en contenter ! En outre, pourquoi aurais-je supprimé Hing Peng et M'Bélé M'Bélé, alors qu'ils venaient présenter un marché que j'espérais exceptionnel ?

— Pour éliminer deux concurrents redoutables, par exemple.

— Le monde des affaires n'est pas le Far West, inspecteur !

— On s'y tue quand même de temps à autre, et les accidents inexpliqués ne sont pas si rares.

Indira Tandi sourit.

— N'auriez-vous pas une haute opinion du business international ?

— Ni la fortune ni la puissance n'empêchent de commettre des crimes. Et je suis persuadé que Bernie Fitzer a dévoilé, au moins en partie, le projet de Hing Peng et M'Bélé M'Bélé, afin de vous appâter.

L'Indienne parut amusée.

— Vous en avez la preuve ?

— Non, avoua Higgins.

— Si je ne m'abuse, c'est indispensable, dans votre job !

— J'espérais votre aide.

— Désolée, je maintiens ma version des faits. M'Bélé M'Bélé et Hing Peng sont morts, et nous ne saurons jamais pourquoi.

« Higgins est à la dérive, l'Indienne triomphe », constata Marlow.

— Un détail me préoccupe, indiqua l'ex-inspecteur-chef en consultant son carnet noir. Vous considérez Bill Carson comme un voleur et un truqueur, mais lui n'a pas une mauvaise image de vous, et vous avez traité des affaires ensemble.

— Si je ne travaillais qu'avec des gens honnêtes, réagit vivement Indira Tandi, je serais mendiante dans une rue de Bombay ! À un certain niveau, les angelots disparaissent, faute d'oxygène. Carson est une ordure, mais professionnelle, et il sait s'arrêter avant de déclencher un conflit où il perdrait pas mal de plumes. Quand j'ai eu besoin de ses services, en quelques rares occasions, je les ai utilisés en lui recommandant de ne pas dépasser les bornes que je fixais. Et notre collaboration ponctuelle fut presque sans nuages. En revanche, sa principale partenaire, ce n'est pas moi, mais Hilary Gooman. Celle-là, je meurs d'envie de l'étrangler ! Si elle disparaissait brutalement, je ferais la fête.

— Seriez-vous informée des dernières virées communes du tandem Hilary Gooman et Bill Carson ?

— D'après une rumeur à vérifier, ils compteraient s'attaquer au marché des routes.

— Un marché qui ne vous intéresse pas ?

Le sourire devint féroce.

— Pourquoi ne m'intéresserait-il pas ? Avant de me lancer dans une entreprise de grande envergure, j'aime avoir toutes les cartes en main. Je n'attaque qu'en étant sûre de gagner.

— Et lorsque votre décision est prise, vous ne renoncez jamais ?

— Jamais.

— Sous aucun prétexte ?

— Sous aucun prétexte.

Higgins prit une note précieuse, nouvel élément confortant son intuition.

— Navré de reparler de votre rupture avec Kant Spinabody, mais est-elle irrémédiable ?

— Je ne reviendrai pas en arrière, et lui non plus.

— Si vous ne me jugez pas indiscret, accepteriez-vous de me dire où vous vous êtes rencontrés ?

— Sur une plage africaine. Il était superbe, on ne voyait que lui.

— Et l'on ne voyait probablement que vous.

— Seriez-vous un flatteur, monsieur Higgins ?

— Un simple observateur de la nature, madame.

— Peu importe. Tout cela, c'est du passé ! Et j'ai horreur de le remuer. Comprenez que le monde des affaires a ses exigences et que ma patience est épuisée. Même si j'apprécie cette demeure, j'ai des rendez-vous importants loin d'ici. Si vous n'avez rien de précis à me reprocher, je pars.

— Accordez-nous encore vingt-quatre heures.

Indira Tandi réfléchit.

— Entendu, mais pas une de plus ! Et je compte sur votre parole.

— Je n'en ai qu'une.

Le visage toujours aussi hostile, le sikh raccompagna les deux policiers et claqua sèchement derrière eux la porte du sweet home de la belle Indienne.

La vieille Bentley prit la direction de Thames Street, où résidait Kant Spinabody.

— Nous avons beaucoup appris, confia Higgins à Marlow.

Sachant que son collègue n'en dirait pas davantage, le superintendant éprouva néanmoins un certain réconfort.

— 42 —

Toujours équipé d'un calibre respectable, le colosse noir chargé de la sécurité de Kant Spinabody dévisagea les deux policiers avec une franche hostilité.

— C'est légal, votre visite ?

— Vous n'imaginez pas à quel point, rétorqua le superintendant, martial.

— Mon patron est très occupé.

— Nous aussi. Et nous voulons le voir immédiatement.

— Un instant.

L'attente fut de courte durée.

De nouveau, l'interminable couloir, les murs blancs, le salon aux murs tout aussi blancs. Et sur la longue table rectangulaire en verre, une vingtaine de bouteilles de champagne et autant de flûtes.

Vêtu d'un élégant costume gris perle, dû au talent des tailleurs de Stovel & Mason, Kant Spinabody paraissait perplexe.

— Bonjour, messieurs. Pour la prochaine réunion des principaux dirigeants africains à New York, on m'a prié de sélectionner le meilleur champagne. Une tâche plus complexe que je ne le supposais. Je privilégie la finesse des bulles et l'absence d'acidité. Que pensez-vous de celui-ci, inspecteur ?

Higgins goûta.

— Manque de corps, trop jeune, agressif.

— C'est également mon avis.

Trois sièges, une pièce toujours aussi vide, ressemblant à une cellule de moine, mais avec beaucoup d'espace.

— Quoi de neuf ?

— Nous avançons pas à pas en terrain difficile, indiqua Higgins. Comme l'alibi d'un certain nombre de suspects était mensonger, nous avons dû creuser quelques sillons.

— Ah, les alibis ! Parfois faux, parfois discutables… Le mien n'est pas fameux, je vous le concède, mais je n'ai rien de mieux. M'aiderez-vous cependant dans ma quête du plus grand cru ?

Marlow accepta la flûte que lui tendait le Nigérian.

Pour le superintendant, le champagne était trop proche de l'eau minérale, mais il désaltérait.

— Pas de consistance.

— Trop superficiel, en effet.

— N'est-ce pas la caractéristique de notre époque ? interrogea Higgins.

Kant Spinabody le considéra d'un drôle d'œil.

— Douteriez-vous de la grandeur de notre civilisation ?

— Encore faudrait-il qu'elle en soit une. Ne s'agit-il pas plutôt d'une société façonnée par l'air du temps ?

— Vous pourriez ajouter : sans âme. C'est pourquoi fleurissent les pires doctrines, et la violence nécessaire pour les imposer. Ma pauvre Afrique en est l'exemple : déchirée, colonisée, christianisée et maintenant islamisée, au prix de milliers de morts. Nous disposions d'une éminente pensée, l'animisme, que les religions exècrent. Reconnaître l'esprit de tout être et de toute chose me paraît pourtant essentiel. Et celui-là ?

— Jolie couleur, nota Higgins, mais peut-être trompeuse.

La dégustation légitima cette crainte.

— Assez insignifiant, vite oublié. L'exploitation à outrance des matières premières ne menace-t-elle pas l'avenir de la planète ?

Kant Spinabody eut une sorte de rictus.

— Tout le monde s'accorde sur ce point, mais l'on se contente de mises en garde et de règlements que personne n'observe. Chacun sait que nous courons au désastre, mais les profits immédiats, liés à la consommation des masses, sont notre unique objectif.

— Votre existence n'est donc pas un long fleuve tranquille.

— Aucune ne l'est, inspecteur.

— Si je ne m'abuse, vous êtes très attaché à la préservation des richesses de l'Afrique ?

— Pure utopie, malheureusement ; face au cancer démographique, à la corruption de ceux que l'on ose appeler des « élites » et au cynisme des grandes puissances, les amoureux de mon continent, quelle que soit leur énergie, sont assez désarmés. Essayons celui-là.

— Joli bouquet et belle tenue, jugea Higgins, agréablement surpris. À recommander.

Kant Spinabody et Scott Marlow confirmèrent.

— Ces petites joies ne sont pas négligeables. Ah... Voyons celui-ci.

Cette fois, Higgins ne se limita pas à une modeste gorgée.

— Il touche presque à la perfection.

Même Marlow admit que ce liquide valait la peine d'être bu, et le Nigérian ne cacha pas sa satisfaction.

— Voici notre vainqueur ! Nous n'aurons pas travaillé en vain.

— Ravi de vous avoir secondé.

— J'ai des rendez-vous jusqu'à ce soir ; ensuite, je dois impérativement quitter l'Angleterre.

— Je vous demande vingt-quatre heures.

— Et cette triste affaire sera réglée, l'assassin arrêté ?

— C'est une éventualité.

— Sinon ?

— Nous n'avons pas les moyens légaux de vous retenir plus longtemps. Bonne journée, monsieur Spinabody.

Le Nigérian sembla étonné.

— Vous... vous n'aviez pas d'autres questions à me poser ?

— Les interrogatoires sont terminés. Pardon de vous avoir importuné avec ces formalités.

Le superintendant, lui aussi, s'attendait à davantage de pugnacité de la part de Higgins ; connaissant son collègue depuis longtemps, il espéra qu'il avait obtenu ce qu'il souhaitait et continuait à suivre son plan.

Le champagne rendait optimiste.

— 43 —

La vieille Bentley n'était pas enchantée de retourner à Gerrard Street, dans le quartier chinois de Londres, mais elle se plia aux nécessités de l'enquête. Sortant de sa boutique, le vieux commerçant à la barbichette blanche et à la tunique pourpre se porta garant de l'intégrité de la vénérable voiture, en échange de quelques billets que lui donna Higgins.

Son acolyte, un jeune armé d'une matraque, emmena les deux policiers au domicile d'Angela Macrizzi.

L'ascenseur, jusqu'au dernier étage, les conduisit au gardien style sumo, toujours aussi inhospitalier.

— Regardez la caméra.

Un « bzzz », une lueur rouge à la boucle de la ceinture du costaud, et la porte blindée coulissa sur son rail.

De nouveau l'impression de pénétrer dans l'une des salles secrètes de la Cité interdite de Pékin.

Véritable sosie de Snoopy, Angela Macrizzi, engoncée dans une blouse rouge et un pantalon noir, se rua sur les policiers.

— Alors, c'est terminé ? Je peux partir ?

— Malheureusement non, répondit Higgins.

— Et pourquoi ?

— Parce que vous avez menti.

— Menti, moi ? Et à quel propos ?

— Votre alibi pour l'heure des crimes.

— Ça m'étonnerait !

— Vous assistiez bien à un « concert » de Heavy Metal ?

— Puisque je vous l'ai dit !

— En raison d'une alerte à la bombe, il a été annulé.

La boulotte en resta bouche bée, et ressembla davantage à un chien battu.

— Sale coup, admit-elle. Et vous voulez savoir où je me trouvais vraiment, dimanche soir.

— Vous nous obligeriez.

— Sale coup de sale coup... Scotland Yard n'est pas piraté par les réseaux sociaux, j'espère ?

— Personne n'est à l'abri, déplora Higgins.

— Vous tenterez quand même de rester discrets ?

— Dans toute la mesure de nos moyens.

Crispée, Angela Macrizzi s'assit sur un tabouret pliant, évitant de regarder ses visiteurs.

— Vous connaissez le couloir de la chimie français ?

— Du côté de Lyon ?

— C'est ça. On y fabrique mes additifs alimentaires, certifiés sans danger pour la santé par toutes les autorités compétentes.

— Notamment les médecins rétribués par les industriels de l'agroalimentaire, précisa Higgins.

— L'important, c'est de respecter la loi et les normes scientifiques. Des milliers d'emplois sont en jeu. Dimanche soir, j'ai reçu ici même un partenaire commercial de haut niveau. Dans mon métier, il faut toujours avoir un coup d'avance.

— Le nom de ce partenaire ?

— Manuel Gouda. Il travaille à Bruxelles. L'Europe, c'est capital.

— Si nous l'appelions ?

— C'est assez délicat...

— Vous êtes dans une situation délicate.

— D'accord, j'essaye de le joindre.

Angela Macrizzi s'éclipsa et revint cinq minutes plus tard, tendant son portable à Higgins.

— Monsieur Gouda ?

— Lui-même. Vous êtes Scotland Yard ?

— Inspecteur Higgins.

— Vous me voulez quoi ?

— Acceptez-vous de me dire où vous vous trouviez, dimanche soir, entre 22 h et 23 h ?

— Je n'y suis pas obligé. Mon immunité...

— C'est exact. En ce cas, j'inculpe Mme Macrizzi pour fausse déclaration et présomption d'assassinat. Et vous risquez de perdre certains avantages financiers.

Un bref silence.

— Je suis arrivé chez elle, à Londres, Gerrard Street, vers 20 h. Nous avons dîné et discuté, et je suis reparti peu avant minuit.

— Le confirmeriez-vous dans une déclaration écrite ?

— Sans problème.

— Merci de votre coopération, monsieur Gouda.

Angela Macrizzi piaffait d'impatience.

— Alors, alors ?

— Ce témoignage vous innocente.

— Super ! Je peux prendre mon avion ?

— Il va falloir attendre encore un peu, madame ; d'ultimes vérifications à effectuer. Ce ne sera pas long.

— 44 —

Higgins et Marlow se contentèrent d'un carré de porc en croûte de pêches, agrémenté d'ail et de feuilles de thym ; une sympathique ale, la Courage Best, convenant aux circonstances, faciliterait la digestion.

— Je connais le nom du meurtrier, déclara Higgins, mais je n'ai aucune preuve et nous n'avons aucun moyen légal de l'interpeller.

— Alors, c'est fichu !

— Peut-être pas.

Lorsque Higgins exposa son plan, l'estomac de Marlow se contracta.

— C'est de la folie ! Et si ça rate ?

— Vous aurez quand même l'assassin.

— Trop dangereux, je refuse !

— Le laisser filer vous serait insupportable.

— C'est vrai, mais…

— Croyons à notre succès.

★

Higgins attendit la pause de Babkocks, qui alluma un cigare aux émanations condamnées par l'OMS.

— Journée paisible, commenta le légiste ; un noyé et deux suicidés. Rien que du normal et du basique. C'est reposant. La semaine prochaine, je pars au congrès des Médecins amis du vin, à Bordeaux. Les études les plus pointues le confirment : sans un bon coup de rouge quotidien, longévité en péril !

— Tu as préparé ce que je t'ai demandé ?

— Du grand art, tu verras.

— Efficace à cent pour cent ?

— Tu connais la formule idiote : le risque zéro n'existe pas. Pourtant, à notre époque, le zéro est souvent atteint.

★

Répondant à l'appel de Watson B. Petticott, Higgins se rendit à la Banque d'Angleterre.

En cette fin d'après-midi, un vrai whisky écossais s'imposait.

— Je crois avoir trouvé le lien, dit le banquier, réjoui.

— Le sable, affirma Higgins.

Watson B. Petticott fut admiratif.

— Toi, alors... Tu es un sacré bonhomme ! Je confirme : le sable. Et ce n'est pas une mince affaire, c'est la deuxième ressource naturelle de la planète après l'eau !

— Le sable, indispensable pour assouvir l'insatiable appétit immobilier de tous les pays, ingrédient des routes et des autoroutes, présent dans les microprocesseurs, les cartes de crédit, les lessives, les cosmétiques et les additifs alimentaires.

— Exact, appuya Petticott. À Singapour, par exemple, on drague des îles entières pour construire des gratte-ciel ; dans le monde, plus de 500 millions de tonnes sont extraites illégalement des rivières et du littoral, car celui du désert n'est pas utilisable. Ses grains ronds et lisses ne s'agrègent pas entre eux. Et quand tu sais qu'il faut 200 tonnes pour une petite maison et 30 000 pour 1 km d'autoroute ! Aujourd'hui, l'économie mondiale réclame au moins 15 milliards de tonnes chaque année. Vers 2100, la ressource sera presque épuisée. Comme l'a annoncé Christian Buchet, un scientifique français, « il existe une ruée sur le sable qui n'a rien à envier à celle de l'or ». Et ce n'est pas le développement du nucléaire qui arrangera la situation : au moins 12 millions de tonnes de sable par centrale ! Deux certitudes, à la suite de mes investigations : Hing Peng, afin de relancer la construction industrielle chinoise, venait chercher des marchands de sable en leur proposant des sommes colossales et en leur ouvrant le marché chinois, s'ils lui donnaient satisfaction. Quant à M'Bélé M'Bélé, il avait « arrosé » les principaux mouvements écologiques, à commencer par l'ONG de Louis Stone, de sorte qu'il n'y ait aucun remous et que les sables ne soient pas mouvants.

⋆

À 18 h, Scott Marlow pénétra dans son bureau où avaient été installés les suspects, à l'exception de Louis Stone.

Irritée, Hilary Gooman se leva.

— Que signifie cette convocation ? On nous traite comme des malfaiteurs.

— Nullement, rectifia le superintendant, martial ; il s'agit d'une réunion d'information que vous devait bien Scotland Yard, en récompense de votre patience.

En émettant un « Pffft » dédaigneux, Hilary Gooman se rassit.

— Qui est l'assassin ? questionna Angela Macrizzi, piquante.

— Louis Stone a été incarcéré pour avoir commandité le meurtre d'un océanographe, révéla Marlow.

— En quoi ça nous concerne ? s'étonna Bernie Fitzer ; moi, je veux savoir qui a trucidé M'Bélé M'Bélé et Hing Peng !

— Si nous laissions le superintendant s'exprimer, proposa Kant Spinabody, nous en apprendrions davantage.

Tous se suspendirent aux lèvres de Marlow.

— L'inspecteur Higgins estime avoir identifié le meurtrier grâce à une preuve incontestable. Il révélera son nom demain matin aux médias, à 9 h, à son domicile.

La mine bougonne du superintendant surprit Bill Carson.

— On jurerait que cette procédure ne vous satisfait pas.

— L'inspecteur Higgins agit comme il l'entend.

— Et ça ne plaît guère à Scotland Yard ! souligna Angela Macrizzi, mordante. Vous ne seriez pas un peu fâchés ?

— L'inspecteur Higgins a son caractère, moi le mien. L'essentiel est l'arrestation du coupable.

— Mais vous n'êtes pas dans la confidence ! s'exclama Hilary Gooman en comprenant ; bel exemple de solidarité, à Scotland Yard ! Quand on voit ça, pas étonnant qu'il y ait tant de criminels en liberté.

— Chacun désire son heure de gloire, commenta Bernie Fitzer ; demain, l'inspecteur Higgins sera une vedette pendant quelques minutes. Et peut-être son discours ne sera-t-il que du vent ! En tout cas, après ce show, moi, je vaque à mes occupations.

Tous approuvèrent d'un hochement de tête.

— Veuillez noter mon numéro de portable, recommanda Marlow ; si l'un de vous souhaite me parler en particulier, qu'il n'hésite pas.

— Elle est bonne, celle-là ! s'enflamma Bill Carson ; vous voulez que le coupable se dénonce pour que vous puissiez griller votre collègue ! Vous rêvez éveillé, ou quoi ?

— Soyons sérieux, exigea Kant Spinabody ; à quelle heure serons-nous officiellement libres de nos mouvements ?

— À 10 h, indiqua Marlow, le visage fermé.

— 45 —

Cédant à l'amertume et à l'esprit de revanche, le superintendant Marlow avait commis une erreur fatale : communiquer son numéro de portable avec l'espoir non que le coupable se dénonce, mais que l'un des membres du cénacle lui offre un renseignement utile et lui permette de remonter la bonne piste. Espoir qui serait forcément déçu, car l'assassin avait pris toutes les précautions nécessaires. Non content de s'être débarrassé de Hing Peng et de M'Bélé M'Bélé, il avait, au passage, brisé les reins de Louis Stone, l'un des pires truands rencontrés sur son chemin.

Sa croisade était loin d'être achevée, et cet épisode n'était que le premier d'une longue série. Puisque les États et les organisations internationales étaient aussi lâches que corrompus, il fallait bien que quelqu'un agisse à leur place.

Un grain de sable dans la mécanique savamment conçue : l'inspecteur Higgins.

Deux solutions. Soit il se vantait et n'annoncerait aux médias que des généralités, masquant au mieux son échec ; soit il détenait une véritable preuve et avait identifié le coupable. Laquelle était la bonne ? Après mûre réflexion, la seconde paraissait impossible ; cependant, ce policier était le contraire d'un matamore, et il n'avait pas l'allure d'un bouffon désireux de parader devant des caméras et des micros.

Sans nul doute, il représentait un danger majeur. Puisqu'il avait potentiellement découvert la vérité, un impératif : l'éliminer avant qu'il ne s'exprime.

Grâce au numéro de portable de Marlow, l'assassin pouvait probablement accéder à l'adresse de Higgins, dans le répertoire du superintendant. Pénétrer au cœur des données informatisées fut en effet un jeu d'enfant, et il obtint le nom d'une petite rue de l'East End, dans un quartier tranquille.

Restait une hypothèse désagréable : le domicile de l'inspecteur était certainement surveillé. L'assassin se comporterait en fonction du dispositif de protection. Ou bien il anesthésierait des policiers, ou bien, puisqu'il agirait avec une extrême rapidité, il prendrait la fuite, sans crainte d'être rattrapé.

Il enfourcha une moto puissante, arborant la publicité d'un livreur de pizzas et de fruits exotiques, et la gara à bonne distance de la résidence londonienne de sa cible.

Coiffé d'un épais bonnet de laine, portant des lunettes, vêtu d'un blouson de cuir et d'un jean, il arpenta la zone sensible, à la recherche d'un guetteur, en uniforme ou en civil.

On approchait de 22 h, l'endroit était plutôt désert, les passants rares ; pas de commerce à proximité. Avec l'instinct d'un fauve, l'assassin essaya de repérer d'éventuels adversaires.

Néant.

Pourquoi ce manque de précaution ? Tout simplement parce que le superintendant Marlow était furieux de se faire voler la vedette par son collègue et se vengeait en lui refusant la logistique de Scotland Yard. Puisqu'il tenait tant à briller en solitaire, inutile de mobiliser la troupe !

Une probabilité, néanmoins : Higgins n'était sûrement pas seul. Un autre inspecteur, au moins, devait le seconder. Mais ce dernier n'aurait pas le temps d'intervenir.

Une dernière vérification.

Aucun souci.

L'assassin rejoignit sa moto ; dans quelques minutes, il sonnerait à la porte de l'inspecteur Higgins.

*

Le rez-de-chaussée d'un modeste immeuble de brique, dans une rue paisible, une petite entrée, un salon bourgeois sans originalité, une salle à manger du même acabit, une minuscule cuisine vieillotte, une chambre à coucher spartiate, une douche.

Higgins avait plusieurs journaux et magazines à sa disposition, ainsi qu'une télévision qu'il réussit à allumer après une dizaine d'essais infructueux. La stupidité des programmes l'étonna ; sans avoir d'illusions, il ne pensait pas que l'on pouvait descendre si bas, mais sentit que le mouvement ne s'infléchirait pas.

Au terme d'une longue recherche, l'ex-inspecteur-chef dénicha une chaîne de musique classique qui, malheureusement, diffusait une symphonie de Mahler. De quoi désespérer le plus ardent des optimistes.

Higgins éteignit la lucarne et relut les notes prises depuis le début de cette enquête si particulière. Les éléments s'emboîtaient, la conclusion n'était pas contestable.

Pourtant, si l'assassin ne mordait pas à l'hameçon, Higgins serait face à un crime parfait. Difficile de s'introduire dans la pensée du meurtrier et de savoir s'il privilégierait une extrême prudence ou s'il tenterait de faire disparaître le grain de sable que représentait Higgins, mais celui-ci était persuadé qu'il choisirait la seconde solution, avec tous les risques qu'elle impliquait.

Une épreuve physique pénible pour Higgins, qui appliqua les enseignements de ses maîtres zen et taoïstes, reçus lors de ses séjours en Extrême-Orient. Respirer sans à-coups, se détendre, se détacher, vivre pleinement l'instant présent comme si c'était le dernier… Une discipline exigeante, mais efficace.

L'esprit de Higgins voguait dans des paysages paradisiaques, lorsque le son strident d'une sonnette brisa sa méditation.

Le moment de vérité.

D'un pas lent, il se dirigea vers la porte d'entrée de l'appartement et l'ouvrit.

Face à lui, un bonnet de laine enfoncé jusqu'à des lunettes noires.

— Le marchand de sable est passé, inspecteur.

D'un vaporisateur jaillit un petit nuage blanc et mortel qui recouvrit le visage de Higgins.

— 46 —

La moto de l'assassin démarra en trombe, mais elle n'alla pas loin. Les balles des tireurs d'élite, postés sur les toits avec des armes équipées pour la vision nocturne, percèrent les pneus de la machine qui zigzagua, avant de se coucher sur le flanc.

Jaillissant des maisons voisines, plusieurs policiers immobilisèrent le motard, et l'un d'eux s'empara du vaporisateur mortel qu'il remit à un spécialiste en combinaison de cosmonaute.

D'autres cosmonautes se ruèrent dans l'appartement rattaché à Scotland Yard et, avec d'infinies précautions, libérèrent Higgins du masque fabriqué par Babkocks, à présent porteur du poison qui aurait dû foudroyer l'ex-inspecteur-chef.

Scott Marlow accourut.

— Vous voyez, superintendant, tout s'est bien passé, et nous tenons le marchand de sable.

Comment Higgins pouvait-il être si calme ? À croire qu'il était fait d'un bois rarissime !

On leur amena le motard menotté. Le superintendant lui ôta bonnet de laine et lunettes.

— Félicitations, inspecteur, dit Kant Spinabody, très froid ; je suis échec et mat. Je le déplore, car ma mission n'était pas terminée. Mais un autre la poursuivra. M'aviez-vous vraiment identifié ?

— Honnêtement, oui. En tant que spécialiste des matières premières, vous avez constaté l'ampleur des dégâts et voulu freiner le désastre. Pour vous, les industriels sont dépourvus d'âme et ne songent qu'à leurs profits, quitte à détruire l'environnement d'où ils tirent leur richesse.

— Ai-je tort ? En éliminant des monstres comme Hing Peng et M'Bélé M'Bélé, j'ai défendu l'Afrique et, au-delà de mon continent, l'humanité entière. Et je ne le regrette pas.

— Au passage, vous avez aussi éliminé Louis Stone. Vol de la cagoule chez son compagnon Jean-Paul, dépôt de cet indice majeur dans l'immeuble Key's 3000 afin de déclencher une mécanique policière menant à l'arrestation de Louis Stone, coupable d'avoir commandité l'exécution d'un océanographe qui s'inquiétait de la disparition des plages dans le monde.

— Une arrestation dont je me réjouis.

— Lors de notre dernier entretien, vos propos ont confirmé mon intuition. Et Indira Tandi m'avait beaucoup aidé.

— Ah... De quelle manière ?

— En évoquant brièvement votre première rencontre et plus particulièrement en prononçant une parole décisive : « Sur une plage africaine. » Une dénonciation, en quelque sorte, après vous avoir décrit comme un tueur, dont la seule règle consistait à parvenir à ses fins, sans regrets ni remords. J'ai compris que la cause de votre séparation n'avait rien de sentimental : vous ne supportiez pas qu'elle pille le sable de l'Inde afin de prospérer dans l'immobilier.

— Confidence pour confidence, j'avais décidé, en raison de nos liens passés, qu'elle serait ma prochaine victime.

★

Okimi Nivagobi affichait une mine un peu moins antipathique qu'à l'ordinaire ; l'agent du MI 5 esquissait même une sorte de sourire satisfait.

— Félicitations, superintendant Marlow et inspecteur Higgins ! Vous avez mené cette enquête de main de maître et en un temps record. On m'a murmuré, inspecteur, que vous aviez pris des risques inconsidérés.

— Il ne me semble pas, puisque j'ai retrouvé mon vrai visage.

— Bien sûr, bien sûr... Enfin, cette tragédie est terminée, et Kant Spinabody sera confié à la justice.

— J'en doute...

— Pardon, inspecteur ?

— Vous savez aussi bien que moi qu'il n'y aura pas de procès ; le cas Spinabody disparaîtra dans les sables que vous accumulerez.

— Pas du tout, je...

— Les services secrets ont une fâcheuse tendance à considérer que Scotland Yard n'est composé que d'imbéciles aveugles. Kant Spinabody a parlé de sa « mission », et ce n'est pas un illuminé, mais votre employé. C'est vous qui lui avez fourni le spray mortel, une arme sophistiquée, fabriquée dans vos laboratoires. Pour des raisons probablement géopolitiques, vous aviez décidé de supprimer M'Bélé M'Bélé et Hing Peng, sans impliquer directement le MI 5. Et vous avez déniché l'exécuteur idéal, Kant Spinabody, trop heureux d'éliminer ceux qu'il estimait être des monstres. Petit problème : ravi de ses succès, il ne comptait pas s'arrêter là, et vous avez jugé nécessaire de le stopper, en confiant l'enquête à Scotland Yard. Ainsi, la croisade de Kant Spinabody se résumerait à une affaire criminelle, œuvre d'un dément qui ne sera ni jugé ni incarcéré, mais continuera à travailler pour vous, jusqu'à l'accident fatal qui, selon moi, ne tardera pas à se produire.

Okimi Nivagobi était livide.

— Pures spéculations, inspecteur !

— Le mot « spéculation » dérive du latin *speculum*, un instrument qui permet d'examiner des parties du corps plutôt obscures. Soyez rassuré, monsieur Nivagobi, je n'ai aucune preuve et n'en aurai jamais. Mais le rapport contenant la vérité sera soigneusement conservé dans les archives du Yard. Pas un château de sable, mais une sorte de garantie.

— Épilogue —

Higgins se réjouit : le rosier fragile, au pied duquel il avait dispersé une poignée du magnifique sable ocre de Nubie, se portait beaucoup mieux. La magie du désert avait été efficace.

Le chien Geb lui posa la patte sur l'avant-bras. L'ex-inspecteur-chef consulta sa montre de gousset.

— Tu as raison, il faut se préparer.

Pas question de s'installer à table en habits de jardinier. Tout à la contemplation du rosier sauvegardé, Higgins n'avait pas vu l'heure passer. Une douche rapide, un costume gris perle, et une entrée digne dans la salle à manger où l'attendait Mary, les poings sur les hanches.

— Deux minutes de retard… Vous savez ce que ça signifie, pour une omelette aux fines herbes et aux morilles ?

D'un geste impérial, elle planta un sablier à côté des couverts.

— Il vous rappellera vos obligations. Si une certaine discipline ne règne plus dans cette maison, où irons-nous ? Les roses, les roses… C'est bien joli, mais ça ne fait pas la cuisine ! Sur le Net, je vous en ai acheté une qui ne vous causera aucun souci.

Toujours aussi impériale, Mary plaça au centre de la table une superbe rose des sables.

ŒUVRES DE CHRISTIAN JACQ

Romans

L'Affaire Toutankhamon, Grasset (prix des Maisons de la Presse).
Barrage sur le Nil, Robert Laffont.
Champollion l'Égyptien, XO Éditions.
Le Dernier Rêve de Cléopâtre, XO Éditions.
L'Empire du pape blanc (épuisé).
Les Enquêtes de Setna, XO Éditions :
* *La Tombe maudite.*
** *Le Livre interdit.*
*** *Le Voleur d'âmes.*
**** *Le Duel des mages.*
Et l'Égypte s'éveilla, XO Éditions :
* *La Guerre des clans.*
** *Le Feu du Scorpion.*
*** *L'Œil du Faucon.*
Imhotep, l'inventeur de l'éternité, XO Éditions.
J'ai construit la Grande Pyramide, XO Éditions.
Le Juge d'Égypte, Plon :
* *La Pyramide assassinée.*
** *La Loi du désert.*
*** *La Justice du vizir.*
La Création du Temple de Salomon, Ebook (uniquement).
Maître Hiram et le roi Salomon, XO Éditions.
Le Moine et le Vénérable, Robert Laffont.
Mozart, XO Éditions :
* *Le Grand Magicien.*
** *Le Fils de la Lumière.*
*** *Le Frère du Feu.*
**** *L'Aimé d'Isis.*
Les Mystères d'Osiris, XO Éditions :
* *L'Arbre de Vie.*

** *La Conspiration du mal.*

*** *Le Chemin du feu.*

**** *Le Grand Secret.*

La Naissance d'Anubis ou le Crime suprême (nouvelle), J Éditions.

Néfertiti, l'Ombre du Soleil, XO Éditions.

Pharaon, mon royaume est de ce monde, XO Éditions.

Le Pharaon noir, Robert Laffont.

La Pierre de Lumière, XO Éditions :

* *Néfer le Silencieux.*

** *La Femme sage.*

*** *Paneb l'Ardent.*

**** *La Place de Vérité.*

Pour l'Amour de Philae, Grasset.

Le Procès de la momie, XO Éditions.

La Prodigieuse Aventure du Lama Dancing (épuisé).

Que la vie est douce à l'ombre des palmes (nouvelles), XO Éditions.

Ramsès, Robert Laffont :

* *Le Fils de la Lumière.*

** *Le Temple des millions d'années.*

*** *La Bataille de Kadesh.*

**** *La Dame d'Abou Simbel.*

***** *Sous l'acacia d'Occident.*

La Reine Liberté, XO Éditions :

* *L'Empire des ténèbres.*

** *La Guerre des couronnes.*

*** *L'Épée flamboyante.*

La Reine Soleil, Julliard (prix Jean-d'Heurs du roman historique).

Sphinx, XO Éditions.

Toutânkhamon, l'ultime secret, XO Éditions.

Urgence absolue, XO Éditions.

La Vengeance des dieux, XO Éditions :

* *Chasse à l'homme.*

** *La Divine Adoratrice.*

Ouvrages pour la jeunesse

Contes et légendes du temps des pyramides, Nathan.

La Fiancée du Nil, Magnard (prix Saint-Affrique).

Les Pharaons racontés par..., Perrin.

Essais sur l'Égypte ancienne

L'Égypte ancienne au jour le jour, Perrin.

L'Égypte des grands pharaons, Perrin (couronné par l'Académie française).

Les Égyptiennes, portraits de femmes de l'Égypte pharaonique (épuisé).

Les Grands Sages de l'Égypte ancienne, Perrin.

Initiation à l'Égypte ancienne, MdV Éditeur.

La Légende d'Isis et d'Osiris, ou la Victoire de l'amour sur la mort, MdV Éditeur.

Les Maximes de Ptah-Hotep. L'enseignement d'un sage du temps des pyramides, MdV Éditeur.

Le Monde magique de l'Égypte ancienne, XO Éditions.

Néfertiti et Akhénaton, le couple solaire, Perrin.

Paysages et paradis de l'autre monde selon l'Égypte ancienne, MdV Éditeur.

Le Petit Champollion illustré, Robert Laffont.

Pouvoir et sagesse selon l'Égypte ancienne, XO Éditions.

Préface à : *Champollion, grammaire égyptienne*, Actes Sud.

Préface et commentaires à : *Champollion, textes fondamentaux sur l'Égypte ancienne*, MdV Éditeur.

Rubriques « Archéologie égyptienne », dans le *Grand Dictionnaire encyclopédique*, Larousse.

Rubriques « L'Égypte pharaonique », dans le *Dictionnaire critique de l'ésotérisme*, Presses universitaires de France.

La Sagesse vivante de l'Égypte ancienne, Robert Laffont.

La Tradition primordiale de l'Égypte ancienne selon les Textes des Pyramides, Grasset.

La Vallée des Rois, histoire et découverte d'une demeure d'éternité, Perrin.

Voyage dans l'Égypte des pharaons, Perrin.

Autres essais

La Flûte enchantée de W.A. Mozart, traduction, présentation et commentaires de C. Jacq, MdV Éditeur.

La Franc-maçonnerie, histoire et initiation, Robert Laffont.

Le Livre des Deux Chemins, symbolique du Puy-en-Velay (épuisé).

Le Message initiatique des cathédrales, MdV Éditeur.

Saint-Bertrand-de-Comminges (épuisé).

Saint-Just-de-Valcabrère (épuisé).

Trois Voyages initiatiques, XO Éditions :

* La Confrérie des Sages du Nord.*

** Le Message des constructeurs de cathédrales.*

*** Le Voyage initiatique ou les Trente-Trois Degrés de la Sagesse.*

Albums illustrés

L'Égypte vue du ciel (Photographies de P. Plisson), XO Éditions et La Martinière.

Karnak et Louxor, Pygmalion.

Le Mystère des hiéroglyphes, la clé de l'Égypte ancienne, Favre.

La Vallée des Rois, images et mystères (épuisé).

Le Voyage aux pyramides (épuisé).

Le Voyage sur le Nil (épuisé).

Sur les pas de Champollion, l'Égypte des hiéroglyphes (épuisé).

Bandes dessinées

Les Mystères d'Osiris (scénario : Maryse, Jean-François Charles ; dessins : Benoît Roels), Glénat et XO Éditions :

* L'Arbre de vie (1).*

** L'Arbre de vie (2).*

*** La Conspiration du mal (1).*

**** La Conspiration du mal (2).*

ON EN PARLE…

« Higgins travaille comme nous le faisons, dans la réflexion. Il écoute, il observe, il relève ce qui est anachronique et incohérent. Ensuite, il réfléchit, analyse et pose les bonnes questions. Depuis trente-trois ans au service de la gendarmerie et de l'IRCGN, c'est ainsi que je forme les enquêteurs et les techniciens qui travaillent avec moi. »

Capitaine THOMAS.
IRCGN

★

« La recette de Christian Jacq est simple : une intrigue bien construite, des personnages attachants et une écriture alerte. Simple, efficace… On n'a jamais fait mieux ! »

Thierry NIOGRET,
France Bleu Béarn.

★

« Une tradition d'enquête policière où la résolution des crimes commis ne doit rien aux procédés technologiques modernes, mais tout à la sagacité d'un enquêteur, l'inspecteur Higgins, digne héritier des Poirot ou Holmes. »

Nicolas BLONDEAU,
Le Progrès.

★

« Il n'est pas exagéré de dire que le lecteur, littéralement absorbé, mène les investigations au côté de l'inspecteur Higgins. »

Noëlle DE SONIS,
La Manche Libre.

★

« Le livre est rythmé, l'enquête digne d'un roman d'Agatha Christie. La recette est classique, mais la magie opère toujours. Le lecteur est captivé jusqu'aux dernières pages. »

Franck Boitelle,
Paris-Normandie.

★

« Christian Jacq mène avec une redoutable efficacité et une délicieuse sophistication un récit bien sombre et bien cadencé. Le lecteur est bousculé par les contre-indices qui jaillissent à chaque page. Il se laisse baigner par l'atmosphère enveloppante du récit. Ambiance crépusculaire et frissons garantis jusqu'à la dernière ligne. »

Véronique Emmanuelli,
Corse-Matin.

★

« Higgins n'écoute que son bon sens et balaie d'un revers toute précipitation. Poirot et Maigret, ses illustres confrères, usent de la même sagesse. »

Vincent Roussot,
L'Yonne Républicaine.

★

« Fidèle à son habitude, Higgins va devoir user de son sens de l'observation, de sa maîtrise de la conversation et de sa perspicacité pour faire toute la lumière. »

Lyliane Mosca,
L'Est-éclair.

★

« Des polars à l'anglaise qui respectent à merveille les canons du genre, à commencer par les personnages, très typés... Des romans plaisants et distrayants, qui plus est bien écrits, pour passer le temps en avion, dans le train, ou en cachette au bureau derrière son Mac.

Depuis le paradis des romanciers, sainte Agatha Christie doit considérer avec plaisir la réussite de l'un de ses fidèles continuateurs. »

Philippe LE CLAIRE,
L'Union-L'Ardennais.

★

« Le livre se déguste comme un bon Agatha Christie et on attend avec impatience de découvrir la suite des aventures de cet inspecteur de Scotland Yard qui tient autant d'Hercule Poirot que de l'inspecteur Columbo ! »

Florence DALMAS,
Le Dauphiné Libéré.

★

« Un roman fidèle à l'atmosphère et aux retournements de situation, tels que les aime Christian Jacq. Et nous avec. »

Yves DURAND,
Le Courrier de l'Ouest.

★

« Atmosphères troubles, énigmes a priori inextricables, personnages hauts en couleur, fausses pistes de tous côtés... Délectez-vous des enquêtes menées de main de maître par l'incomparable Higgins. »

Le Grand Livre du Mois.

★

« Délicieusement désuet, mais très moderne en même temps, le héros de Christian Jacq est réellement post-moderne. Réjouissant ! (...) On est enchanté du début à la fin. Avec une régularité métronomique, l'auteur livre ses gouleyantes enquêtes de l'inspecteur Higgins. Du grand art et une belle constance ! On en redemande. »

Bernard CATTANÉO,
Courrier français.

Composition et mise en page
Nord Compo à Villeneuve-d'Ascq

Achevé d'imprimer sur Roto-Page
par l'Imprimerie Floch à Mayenne
en décembre 2018

N° d'édition : 3856/01 – N° d'impression : 93696
Dépôt légal : janvier 2019

Imprimé en France